Sarah H

Masculins Singuliers

Féminin#2021 éditions

Merci à toutes les librairies qui acceptent de vendre nos livres.
Se faire publier est très couteux et surtout impossible.
Les maisons d'édition classiques ne s'intéressent pas assez aux auteurs qui ont pourtant la passion de l'écriture.

Merci aux libraires d'aimer leur métier et de nous laisser un coin de leurs rayonnages.

Tous droits de traduction, d'adaptation et de reproduction réservés pour tous les pays.

Facilitateur : https://www.mlasuiteeditions.com/ Coordination éditoriale : Hervé Meillon
Mise en page : M La Suite
Couverture : ©Hervé Meillon
Contact auteur : femininsingulier2021@gmail.com

© Sarah Hernalsteen, 2022
Édition : BoD – Books on Demand, info@bod.fr
Impression : BoD – Books on Demand, In de Tarpen 42, Norderstedt (Allemagne)
Impression à la demande
ISBN : 978-2-3224-3493-0
Dépôt légal : Novembre 2022

À mes petits-enfants Nathan, Benoit, Martin qui grandissent plus vite que je ne vieillis… À mon fils Philippe qui a été mon détonateur pour que le démon de l'écriture me pousse à publier les histoires de ma vie et de mon imaginaire.

PRÉFACE

Il y a plus de deux ans, c'est en toute discrétion que Philippe, le fils de Sarah H, me fit lire les histoires écrites par sa maman… Illico, je n'ai eu de cesse que de vouloir partager mon enthousiasme et ces petites nouvelles furent l'objet du livre intitulé : **« Féminins Singuliers ».** La générosité des mots, après m'avoir emballé, a immédiatement séduit l'entourage de l'auteur. Sarah estime avec émotion que son fils lui a fait le cadeau de sa vie, car depuis cette parution, elle est *« remplie de caresses positives »*. J'ai eu l'occasion de lire quelques-unes de ces histoires à la radio et les auditeurs furent charmés par l'authenticité du contenu.

Et en se frottant les yeux d'étonnement, Sarah s'embarqua, après ses singulières péripéties de femmes, dans celles des hommes. Ces aventures insolites et inattendues sont traitées avec la franchise d'une femme qui salue tous les jours de sa vie avec joie et sincérité.

Sarah Hernalsteen, Belge de naissance, 88 ans, a été de nombreuses années institutrice aux athénées de Woluwe-Saint-Pierre puis de Woluwe-Saint-Lambert en périphérie de Bruxelles. Un métier qu'elle a chéri.

Sarah H reste dans la souvenance, car chaque chapitre est l'histoire d'un homme ou d'une situation qu'elle a connue. Pour éviter de gêner, seuls les prénoms ont été changés afin de ne pas embarrasser les gens de son entourage qui pourraient identifier la personne racontée parfois mêlée à l'imaginaire de l'auteur.

Tous les récits ont un fond de vérité. Au D, vous rencontrerez Dylan ressemblant étrangement à un de ses petits-fils… Au Z, vous retrouverez Zoltan, le prénom illusionné de son grand-père dont un jour elle retrouva par hasard au fin fond de son grenier son accordéon et qui la plongea dans la vie de son aïeul… Au K, c'est Karl et son miel bleu…

À l'ombre de son potager, chaque jour, Sarah H entrecroise ses légumes bios et ses mots pertinents en nous les faisant déguster. C'est la grand-mère qui donne envie de vieillir.

Avec son livre « **MASCULINS SINGULIERS** », Sarah fait la démonstration que les gens silencieux ne sont bavards qu'avec les bonnes personnes. Alors, elle vous attend !

Hervé Meillon (M La Suite)

À peine avions-nous terminé de mettre en page que notre téléphone portable retentit. C'était Sarah qui nous annonçait qu'elle écrivait des histoires à la gloire du vin et de la bière… Pour toute réponse elle ne reçut de notre part qu'un joyeux : « À votre santé Sarah ! »

Arthur

Mariés depuis 10 ans, ses parents avaient fait le deuil d'une descendance alors quand Arthur s'est annoncé, ils l'ont comparé à la huitième merveille du monde.
Ce fils tant espéré, tant attendu, ne les a pas déçus, bébé joufflu et rigolard, il a comblé tous leurs espoirs et depuis tout petit, ils estimaient que rien n'était assez beau pour lui.
Choyé, toujours montré en exemple, certains même, par ironie, l'avaient surnommé : « le roi Arthur ».
Outrageusement gâté, il obtenait tous les jouets qu'il voulait.
Étant son cousin, je pouvais jouer avec lui, avec son train électrique à la condition (bien sûr !) que ce soit lui le chef de gare !
Mais comment refuser, alors que cela se terminait le plus souvent par un morceau de tarte et du chocolat chaud ?
À l'école primaire, élève peu appliqué, il ne collectionnait que des notes médiocres, trouvant excuses et consolations auprès de ses parents.

Fasciné par la gloire des vedettes du foot, il avait demandé à être inscrit dans un club, mais n'aimant pas les entraînements, il refusait de s'y rendre. Alors quand au cours des matchs on l'obligea à rester sur le banc, il se vexa, rechigna, refusa d'y retourner, bouda et finit par se faire expulser.

Quand grand-maman disait à ma tante :
— Il n'est pas capable de s'habiller tout seul ?
— C'est lui qui devrait ranger sa chambre !
— Ce n'est pas lui qui doit décider ce qu'on va manger !
— Il faudrait qu'il t'aide parfois au jardin !
— Et la politesse ! C'est trop difficile de dire bonjour ou merci ?
Ma tante répondait :
— Il est trop jeune, il apprendra cela plus tard.

À l'athénée, face à des résultats toujours aussi médiocres, ses parents ont prétendu qu'il était un surdoué incompris, victime de ses condisciples qui par jalousie se coalisaient contre lui.

Arthur se prenant vraiment pour quelqu'un d'exceptionnel devenait de plus en plus prétentieux, intolérant et infréquentable.

Il amorça plusieurs relations amoureuses, mais elles ne furent pas de longue durée, car les jeunes filles qu'il présentait à ses parents avaient toujours un (ou plusieurs) défaut à leurs yeux : pas assez belle, pas assez gentille ou pas assez intelligente.
Aucune ne trouva grâce à leurs yeux et si quelquefois il voulut passer outre de leur avis, ceux-ci par leur attitude désagréable avaient bientôt amené la jeune fille à provoquer elle-même la rupture.

Persuadé qu'il était exceptionnel, bien que sans diplôme, il s'est lancé dans le monde du travail.
Persuadé qu'il en connaissait plus que les professionnels, il empoisonnait l'atmosphère en gavant tout le monde de conseils et recommandations. Accusant ses collègues de préjugés à son égard, il finissait par donner sa démission ou par être licencié.

Par la suite, il refusa des emplois qu'il considérait comme trop médiocres pour lui et finalement abandonna ses recherches.
Devenu un adulte encore plus orgueilleux et plus arrogant, Arthur sans se poser de questions continuait à vivre chez ses parents.
Il régnait sur son royaume familial seul capable (pensait-il) de l'estimer à sa juste valeur.
Son caractère faisait fuir tout le monde, mais il considérait cette solitude comme la rançon de sa supériorité et l'imputait à l'aveuglement des autres qu'il considérait comme des incapables.

Au décès de sa mère, son monde s'est effondré, les disputes avec son père devinrent de plus en plus violentes. Un jour, il avait claqué la porte et personne n'avait plus entendu parler de lui.

Je me suis souvent demandé ce qu'il était devenu et comment il s'était comporté face aux aléas de la vie, lui, qui avait toujours vécu dans un cocon, protégé de tout ce qui lui était déplaisir.

J'espère ... que ... peut-être ... un jour ... j'aurai de ses nouvelles.

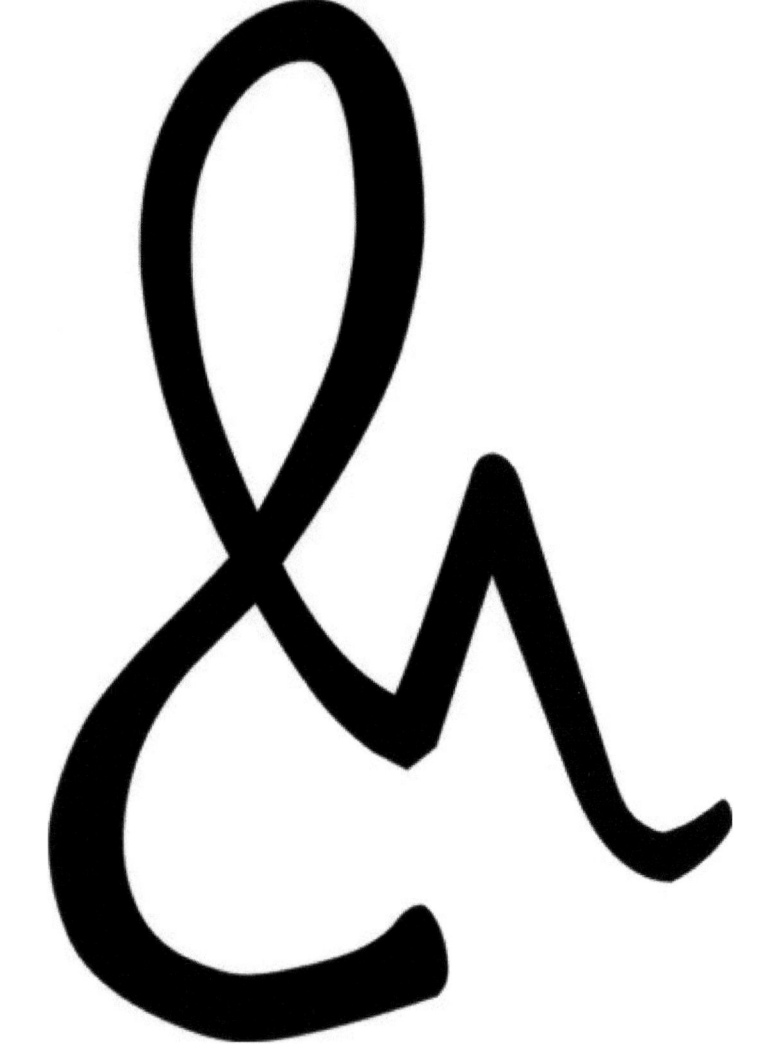

Bastien

Malgré son aspect sportif, équilibré et bien dans sa peau, Bastien cache avec soin un secret : une peur panique des araignées. Cela lui vient du temps où lors d'un camp scout il avait été mordu une nuit par un insecte. Il avait supposé qu'il s'agissait d'une araignée, car il en avait trouvé une, écrasée dans son sac de couchage. La morsure s'était infectée, un coup de lancette avait été nécessaire pour crever l'abcès et Bastien en gardait un mauvais souvenir et une vilaine cicatrice sur sa cuisse droite.

Le matin, il est capable d'approcher les toiles qu'elles tissent pendant la nuit entre les branches de l'hortensia et aime contempler leur scintillement quand les premiers rayons du soleil jouent entre les gouttes de rosée piégées par les fils.

La journée, il peut les regarder avec calme lorsqu'elles traversent le sentier pour se réfugier sous une pierre ou entre les brins d'herbes folles et même parfois, il est capable de les observer et admirer leur précision,

Mais… le soir, tout se gâte, s'il en voit une, il est pris de panique, il tremble, transpire, et la nuit, sa peur devient incontrôlable et le paralyse.

Il y a quelque temps, une nuit, Bastien est réveillé par un léger crissement et pour connaître l'origine de ce bruit inhabituel qui l'intrigue, il allume la lumière de chevet.

Horreur ! ... à vingt centimètres de sa tête, il voit une araignée noire, énorme qui grimpe le long du mur blanc. Incapable de bouger, seuls ses yeux fixent le monstre qui s'est immobilisé probablement à cause de la lumière.
Pendant une minute, Bastien est incapable de bouger, mais quand l'araignée reprend sa route, il se dit qu'il doit réagir.

Pour s'armer de courage, il prend une profonde inspiration, lentement, se penche, saisit sa pantoufle et comme un fou, frappe le mur avec une violence incontrôlable dans le but de tuer l'intruse.
Fier de lui, de sa réaction, il regarda la semelle... elle est propre et sur le mur, on ne voit que la trace de sa pantoufle, mais... aucune de l'araignée.
Victime de son stress, aurait-il mal visé ? Aurait-il frappé à côté ?
Il se fige, les idées se bousculent dans sa tête.
Il est impossible que l'araignée soit encore vivante, il faut donc retrouver son cadavre.
Avec horreur, il pense : « et si l'araignée... morte... ou vivante... était tombée dans le lit ? »
Bastien démonte draps et couvertures, vérifie tout avec minutie, mais ne trouve aucune trace.
Il éloigne le lit du mur, approche la lampe de chevet de l'intervalle pour scruter tous les coins, mais... rien.

De savoir qu'il y a une araignée peut-être encore vivante dans l'appartement Bastien s'angoisse, il se sent incapable d'y rester et surtout de se recoucher avec cette menace sur sa tête !

Une seule solution s'impose à lui : vaporiser beaucoup, beaucoup d'insecticide, quitter la pièce, fermer soigneusement la porte et attendre demain.

Mais... où aller à deux heures du matin ?
Aller à l'hôtel et prendre une chambre pour seulement quelques heures ?
Un peu ridicule !
Terminer sa nuit sur un banc du parc ?
Bastien ne s'en sent pas le courage !
Réveiller un ami et demander l'hospitalité ?
Donner comme prétexte qu'il veut fuir une araignée... impossible !

Il s'habille en vérifiant soigneusement chaque vêtement, les tournant dans tous les sens avant de les enfiler.
Il sort et décide pour terminer sa nuit de s'installer dans sa voiture parquée devant l'immeuble.

Le lendemain matin un voisin l'a réveillé en frappant sur une des vitres :
— Ça ne va pas, monsieur ? Vous avez un malaise ?
Vous voulez que j'appelle un médecin ?
— Non, non, ça va.

Et Bastien a fait alors ce qu'on appelle un pieux mensonge :
— J'allais partir, mais comme je dois arriver plus tôt au bureau, je réfléchis pour être certain que je n'ai rien oublié !

Le mystère reste entier : morte ou vivante, l'araignée n'a jamais été retrouvée.

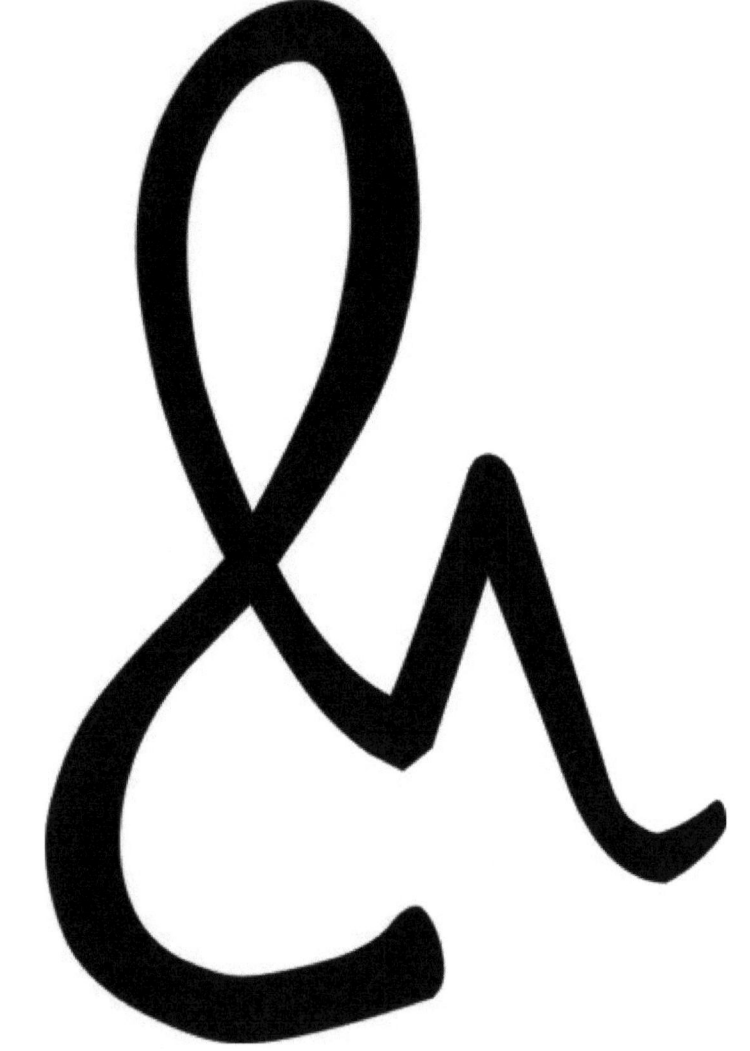

Cyril

Sur la grande table de la salle de réunion, Cyril regarde les bouteilles, les verres et les coupelles remplies de biscuits et essaie d'oublier le brouhaha qui l'entoure.

Tout à l'heure, ses collègues qui s'étaient cotisés lui ont offert un cadeau et en le lui remettant, Bernard a fait un petit speech en terminant avec un clin d'œil :
— On a choisi de t'offrir un parasol vert fluo ainsi chaque fois que tu te protégeras du soleil, tu seras obligé de penser à nous !
Et maintenant, nous allons boire à ta santé pour fêter ta mutation et ta promotion et te souhaiter bonne chance dans ta nouvelle vie.

Cette promotion, Cyril ne l'a pas demandée, il a même essayé de la refuser, mais son refus n'a pas été accepté.

On lui a fait miroiter qu'il n'avait pas à se plaindre, qu'être muté dans une région plus ensoleillée, bénéficier d'un traitement considérablement supérieur, avoir un logement et même une voiture de fonction était une faveur qu'il ne pouvait pas refuser. Face à sa résistance, on lui a alors fait comprendre que s'il s'obstinait il pourrait être licencié sans préavis.

Depuis vingt ans, Cyril a les mêmes collègues avec qui il a tissé des liens d'amitié qui dépassent le cadre du bureau., ils forment comme une grande famille. Ils savent qu'ils peuvent compter les uns sur les autres en cas de coup dur et profitent souvent de se retrouver avec leurs familles pour fêter des moments heureux de la vie ; mariages, naissances...

Cyril sent une angoisse le saisir en pensant à cette promotion qui ne compense pas ce qu'il va devoir quitter. Passant de l'un à l'autre, il se dirige vers la porte et s'éclipse sans se faire remarquer. Il traverse le couloir silencieux, franchit une porte ouverte, se retrouve dans le local où il a vécu ses dernières années, regarde les bureaux qui tous débordent de piles de dossiers sauf un, le sien.

Il se dirige vers la fenêtre, comme il le faisait tous les matins.
Il regarde la ville où il est né, qu'il aime et qu'il va devoir quitter. Pour en entendre la rumeur qu'il connaît si bien, il ouvre la fenêtre et ce simple geste lui rappelle le dialogue qu'il a surpris entre deux collègues lorsqu'il a quitté la salle de réunion.

— Je regrette que Cyril s'en aille.
— Oui, moi aussi, c'était un bon copain.
— Le bureau ne sera plus le même sans lui !
— Pourquoi a-t-on créé ce nouveau service et pourquoi l'a-t-on donné à Cyril qui n'en voulait pas ?
— Il fallait libérer la place pour quelqu'un d'autre.
— Oui, c'est possible, mais pourquoi ne pas donner ce nouvel emploi à celui qu'on voulait caser ?
— Tout simplement parce qu'il voulait rester en ville avec sa famille.
— Et c'est qui ?
— C'est le beau-fils du directeur, le fils de sa deuxième femme.

Cyril brusquement se rend compte qu'on ne l'a considéré que comme un pion. Cette promotion qu'on lui a présentée comme récompense n'était qu'un leurre, une façon déguisée de l'obliger à se taire.
Il se rend compte qu'il a été le dindon de la farce !
Pris entre colère, révolte, dégoût, devant cette ville qu'il va devoir quitter, il ne voit qu'une solution à la douleur qui le submerge.

Soudain... une voix... vient rompre... ses idées morbides :
— Alors, c'est ici que tu te caches ?
Tu dois revenir, tu n'y couperas pas, on attend ton discours !
Et puis, il y a une dernière surprise.
On a réservé la salle de notre bistro préféré et le patron nous a promis un souper de derrière les fagots que nous partagerons en petit comité.

Cyril reprend ses esprits.
On l'a peut-être utilisé, mais, maintenant, c'est lui qui a le jeu en main et… il n'a pas dit son dernier mot !

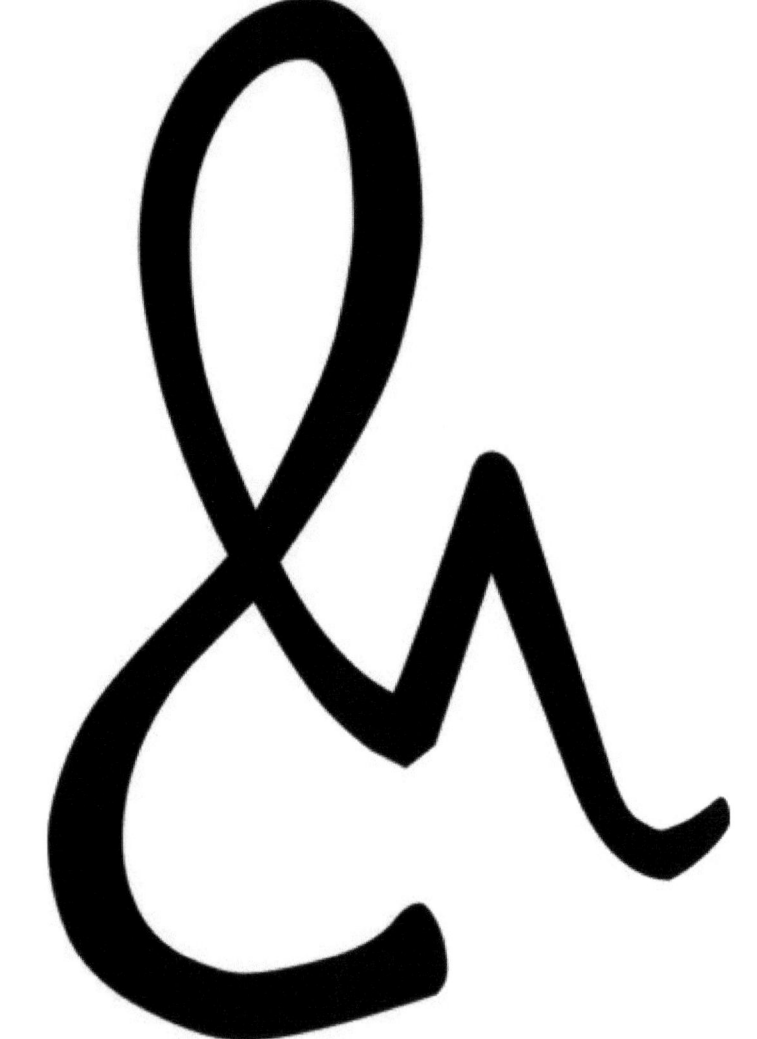

Dylan

C'est les vacances et Dylan a proposé à ses fils de profiter de la météo favorable pour partir en week-end à la côte et passer une nuit dans un camping-car.

Il connaît ses garçons et sait qu'ils traînent pour se lever, qu'ils traînent pour manger, qu'ils traînent pour s'habiller, bref qu'ils traînent la plupart du temps, alors il a mis certaines conditions.
Il précise aux deux garçons qu'il les réveillera à sept heures pour partir à huit heures et que la route sera longue.

Les enfants ont promis et par extraordinaire, se sont levés au premier appel et n'ont pris qu'un petit quart d'heure de retard. C'est en chantant que tout le monde grimpe dans le camping-car en espérant profiter au maximum de ces deux jours à venir.

Mais voilà, on ne peut pas tout prévoir.

Dylan sait qu'ils ont deux heures de route et qu'après quelques kilomètres ils pourront rejoindre l'autoroute où le trajet sera plus facile, mais il ne se doutait pas à quoi il allait être confronté.

Dans la nuit, un accident avait nécessité des travaux imprévus et urgents. Ce matin, ils ne sont pas encore terminés et créent un ralentissement de la circulation qui provoque un énorme embouteillage.
Chaque fois que le camping-car s'arrête, Louis et Bertrand expriment leur déception :
— Encore ! On n'arrivera jamais ! Ça fait plus d'une heure qu'on est bloqués. Ça durera jusqu'à quand ? Tu sais rien faire ? On va encore rester longtemps ici ?

Au début, Dylan a essayé de les calmer en restant optimiste, mais au bout d'un moment il a préféré se taire.
Les garçons continuent :
— La journée est foutue ! On risque même de mourir de soif ou de faim ! On finira par devoir dormir ici !
Quand enfin la route se libère, ils continuent :
— J'aurais mieux fait de rester au lit ! À quoi ça sert d'aller à la mer ? Ça vaut bien la peine de se lever si tôt ! On va encore s'ennuyer ! Ce week-end sera une catastrophe ! Mieux vaut rentrer à la maison !

Finalement, ils arrivent à destination, mais... avec plus de deux heures de retard. Dylan qui a plus d'un tour dans son sac leur propose :
— On fait un pacte. Vous promettez de ne pas regarder vos GSM de toute la journée et c'est moi qui deviens le maître du temps.
À contrecœur, ils acceptent en faisant la grimace.
Même si sa montre indique douze heures, Dylan annonce :
— Il suffit de décider qu'il est dix heures et que comme prévu, nous allons voir les sculptures de sable, mais comme la visite sera longue, je vous propose de prendre des forces et de commencer par aller manger un hamburger.

Les enfants ne refusent jamais un hamburger ! Celui-ci est vite avalé ainsi que la boisson gazeuse qui l'accompagne.
À la dérobée, Dylan regarde sa montre, il ne dit rien, mais invite ses fils à accélérer le pas vers la plage, là où des sculpteurs s'inspirant de Disney et de ses personnages exposent leurs œuvres éphémères.

Dans un premier temps, les garçons veulent paraître indifférents à la magie des sculptures, mais incapables de rester insensibles à la poésie qui émane de la belle et le clochard (surtout du clochard !) ils se détendent. Ils courent partout, allant des personnages de Star Wars au monde de Nemo devant lequel ils font un concours de grimaces.
Les avatars de la route sont vite oubliés.

Quand Dylan les appelle, c'est à regret qu'ils quittent ce lieu enchanté. Oubliant (volontairement) la promenade sur la digue, il les emmène par des petites rues jusqu'au port, voir le Mercator qui est là, majestueux. Il doit calmer leur enthousiasme quand ils apprennent qu'ils vont pouvoir y monter et le visiter avant de terminer la journée dans un des petits restos du port et manger une « tomate-crevettes » suivie d'une glace.

Cette première journée se termine, les garçons fatigués acceptent sans discuter de rejoindre le camping-car et font une dernière réflexion avant de s'endormir :
— On a passé une journée formidable !

Ce n'est que plus tard, que Dylan leur raconta comment il avait eu l'idée de grappiller un quart d'heure par ci, une demi-heure par là pour réussir au plus près le programme prévu et faire d'une journée qui s'annonçait mal, une journée réussie.

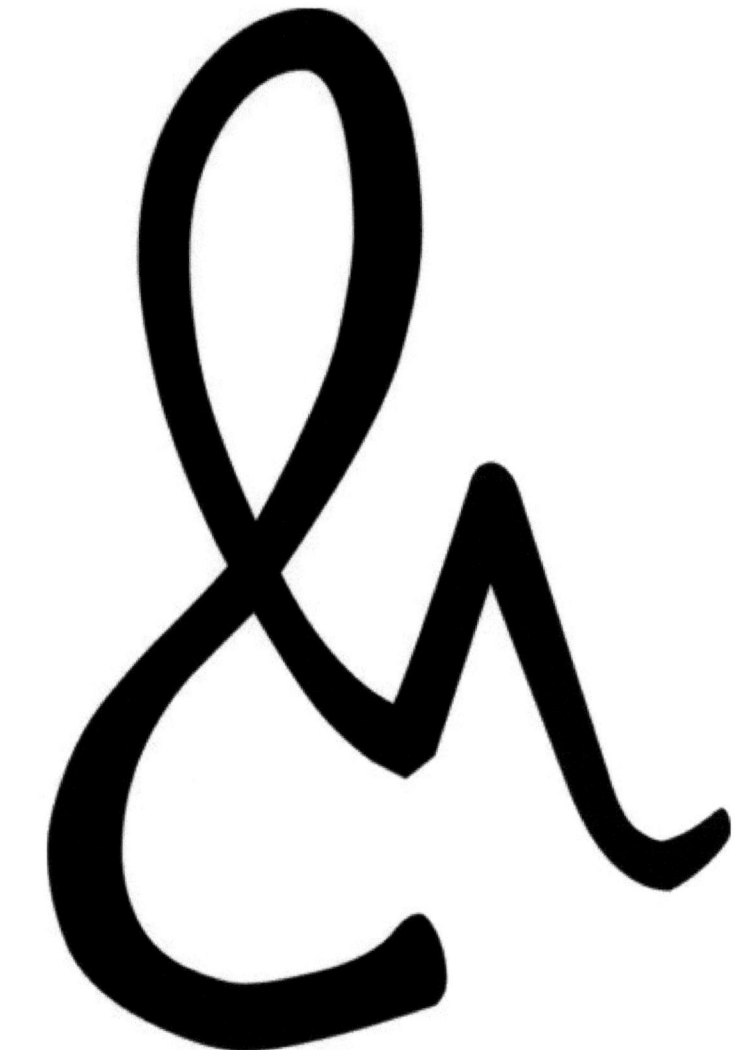

Émile

Ils étaient cinq amis : Albert, Charles, Émile, Pierre et Jos. Copains depuis l'enfance, complices dans toutes les bêtises de petits garçons d'un même village, se battant dans le même club de football, participant à toutes les fêtes et partageant les confidences des premières rencontres amoureuses, ils étaient comme les doigts de la main et en avaient pris les surnoms.

Albert, qui était **le pouce** et son frère Charles, **l'index**, travaillaient ensemble à la ferme familiale.

Émile, le plus grand, surnommé **le majeur** avait repris la boulangerie de son beau-père.

Pierre, **l'annulaire**, le plus sportif était facteur des postes et jusqu'à l'année passée, avait chaque jour fait sa tournée à vélo.

Quant à Jos, le plus jeune surnommé **l'auriculaire**, il n'avait pas trouvé de travail stable, à cause d'une santé précaire. Mais très bricoleur, il vivait de petits boulots, donnant un coup de main ici et là, devenant jardinier, plombier, électricien, bedeau ou rabatteur au moment de la chasse. Il partageait la vieille maison familiale avec sa tante et s'occupait du potager, cultivant des légumes « bio » qu'il vendait à l'un ou à l'autre.

La vie, les mariages, le travail avaient raréfié leurs rencontres, mais ils avaient gardé une certaine nostalgie de leur camaraderie et de ce qu'ils appelaient leurs « noms de guerre ».

Maintenant à l'âge de la retraite, ils retrouvent la complicité de leurs jeunes années et s'amusent en se remémorant leurs frasques.

La routine s'est vite installée. Ils se retrouvent pour l'apéro du dimanche, et l'après-midi, au lieu de « jouer » au foot, ils se passionnent pour les matchs diffusés à la T.V. C'est l'occasion de discuter avec acharnement pour défendre leur club favori, quant au mercredi, ils se réunissent dans l'arrière-salle du dernier café du village et... tapent la carte !

Comme ils sont cinq et que la plupart des jeux ne comportent que quatre partenaires, chaque semaine, à tour de rôle, il y a « un mort » qui lui, paie les consommations.

Aujourd'hui, c'est en silence et tristement qu'ils se dirigent vers le café du village, car ils viennent d'accompagner Émile au cimetière.

Ils se retrouvent à la table qui leur est réservée et sans rien leur demander, le cafetier leur apporte leurs boissons habituelles et leur jeu de cartes.

Après un moment de silence, ils font remonter leurs souvenirs et c'est à celui qui a le plus d'anecdotes sur Émile.
Sans réfléchir, Charles a pris les cartes, distraitement, il les bat puis les distribue. Par routine, ils les ramassent et se mettent à jouer alors que la place d'Émile, la place du mort reste vide.

Au moment de régler la note, le cafetier leur dit :
— C'est fait
Ils se regardent... aucun d'eux n'a payé.

Leur étonnement sera encore plus grand, quand quelques semaines plus tard le cafetier après les avoir servis leur dit à nouveau :
— C'est payé.

Le même scénario se reproduit régulièrement, toutes les cinq semaines, et pour eux, Émile n'est pas tout à fait mort.

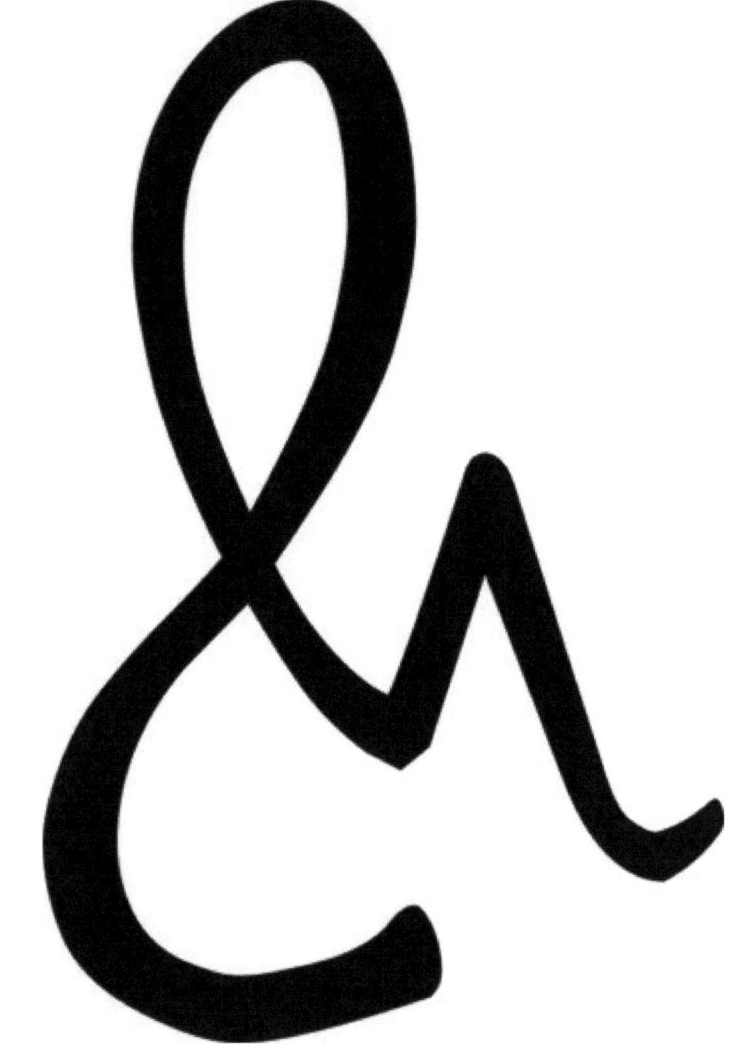

François

Il fait chaud, très chaud et François a envie de s'offrir une petite sieste.

Il installe le relax au bout du jardin, sous les arbres.
Pour se sentir parfaitement à l'aise, il enlève son tee-shirt, son pantalon de travail, ses chaussures et ses chaussettes.

— Certains regardent leur nombril, pourquoi est-ce que je ne regarderais pas mes pieds et mes orteils ?
C'est beau un orteil… enfin… quand je dis c'est beau, je devrais plutôt dire… c'est curieux ! Ça m'arrive de les voir et de penser à autre chose, ça m'arrive de les voir et de ne penser à rien, mais il ne m'était jamais arrivé de les regarder en pensant à eux… vraiment… pourtant…

Alors, aujourd'hui, étendu et détendu, avec ses pieds devant lui, il décide d'aller à leur rencontre.

Il va consacrer un moment à cette partie de mon anatomie à laquelle il ne s'intéresse que très parcimonieusement, avec rapidité, après son bain ou sa douche. En d'autres temps, il les veut simplement obéissants, il les maudit quand ils sont rétifs et qu'ils le font souffrir, mais d'habitude, il les dédaigne.

Il s'installe confortablement et se dit :

— Je commence par le pied droit. J'écarte les orteils pour mieux les analyser les uns après les autres.
Le petit est le plus drôle, je l'ai cassé, il y a longtemps, alors, il est tout tordu, il se recroqueville sur lui-même, comme s'il était timide.
Le quatrième se comporte comme un grand frère protecteur, il semble protéger le petit : ils se sont accolés, ils forment une drôle de spirale et font penser à des frères siamois soudés l'un à l'autre.
Le troisième, celui du milieu, ne sait pas s'il va se pencher vers la gauche ou vers la droite, il occupe bien le milieu.
Le deuxième est un individualiste, il ne veut jamais se plier en même temps que les autres, il reste tout raide, et quand il se décide enfin, il ne le fait qu'à partir de la phalangette.
Le gros orteil, ah ! celui-là, c'est un rescapé.
Lors d'un bricolage, j'ai laissé tomber un parpaing juste sur le bout de l'ongle, je n'ai pas perdu l'ongle, mais depuis, il a au moins doublé d'épaisseur ... pour se protéger contre une nouvelle maladresse ?
(Les orteils seraient-ils intelligents ?)

Tiens ... et ceux de l'autre pied ?

Ce n'est pas pareil, je n'arrive pas à les séparer... je n'arrive pas à mettre mes orteils du pied gauche en éventail... c'est vexant !
Ils restent bien alignés les uns à côté des autres, comme des petits soldats et quand ils bougent, c'est ensemble en un mouvement régulier.
Le petit dernier n'a rien de particulier.
Le quatrième ressemble à une femme enceinte par la rondeur que lui cause une excroissance osseuse.

Le troisième garde les séquelles d'une infection, son ongle pousse d'une manière asymétrique... c'est peu esthétique.
Le deuxième a un ongle plus petit que tous les autres, pourquoi ?
Voilà encore un des mystères de la vie !
Le plus beau me paraît le gros orteil, eh oui, il me semble élégant !
Mince, élancé, arrondi là où il le faut, il semble conscient de sa supériorité, je le croirai un peu snob... se prendrait-il pour un aristocrate ?

Ce doit être amusant de se ronger les ongles des orteils comme ceux des doigts (avec les gros, il y a à faire !), mais, il faudrait être contorsionniste, ce qui n'est pas donné à tout le monde et certainement pas à moi !

Et si un jour, je leur offrais une séance de revitalisation chez une pédicure ?
Il faudra que je les emmène un jour dans ce temple de l'esthétique des pieds ! Oui... mais... j'y penserai une autre fois !

Allez, mes petits orteils et vous les pieds, vous avez assez pris l'air, pour aujourd'hui, alors, je vous remets dans mes chaussettes, dans mes chaussures et vous allez devoir travailler...
Eh ! Oui ! Vous allez devoir me porter !

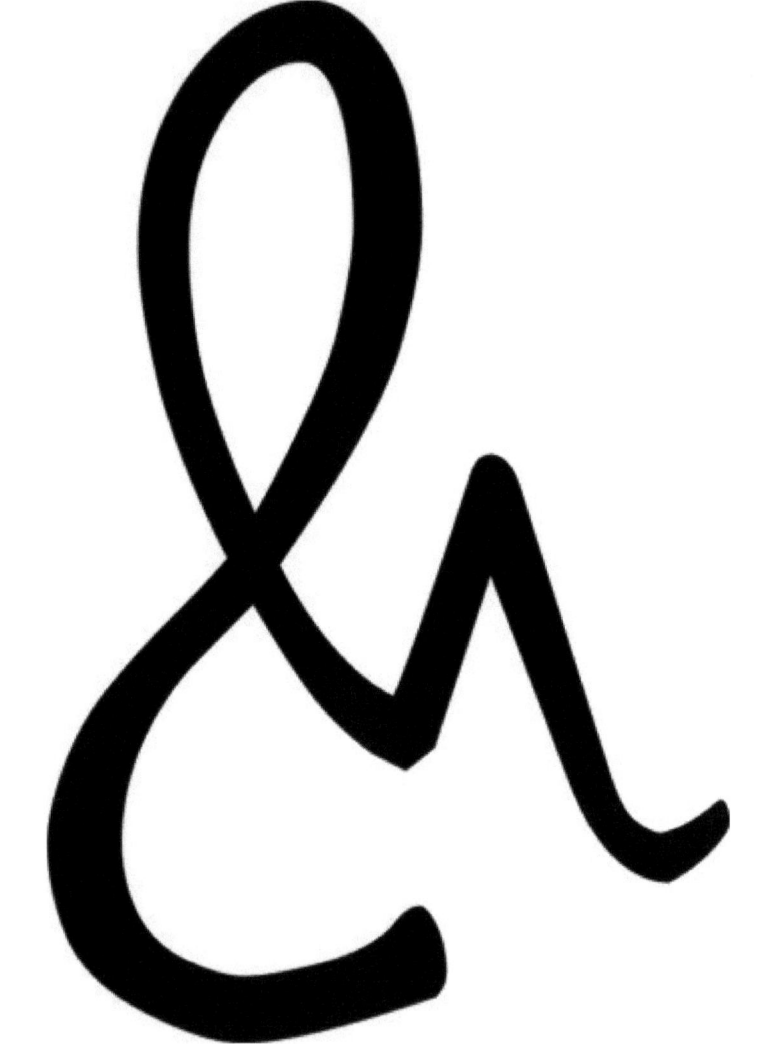

Gégé

Pour la première fois, Gérald est responsable d'un camp scout.

Ce matin, sous le soleil, toute la troupe a découvert le terrain où ils vont passer deux semaines et avec enthousiasme ils ont commencé leur installation, mais dans l'après-midi le temps s'est gâté et les louveteaux, sous la garde des chefs et des cheftaines, doivent se mettre à l'abri dans la seule tente qui est déjà montée.

Si en chef de groupe Gégé apprécie les rires, il sait qu'il doit juguler les bousculades, alors il leur parle de ce qu'ils vont vivre, des veillées, du choix des totems, de l'importance de la promesse, de l'obligation du respect mutuel et termine par :
— Est-ce que quelqu'un veut poser une question ?

Il ne s'attendait certainement à la réaction de cette invitation :
— Dis-moi Akela, tout le monde t'appelle Gégé, mais c'est quoi ton véritable prénom ?
— Je m'appelle Gérald.
— Pourquoi tu t'appelles comme ça ?

Un peu interloqué, il répond…

— Pour faire plaisir à ma grand-mère, mon père m'a donné le nom de son frère mort encore bébé, mais comme ma mère est superstitieuse, elle a toujours refusé de m'appeler par mon prénom, je suis donc devenu Gégé pour tout le monde.

— Et… si nous faisions un jeu ?
Les uns vont présenter leur prénom sous forme d'une devinette et les autres doivent le trouver. On commence par toi, d'où vient ton prénom ?
— Moi, c'est pas difficile, mon parrain s'appelle Jean, ma marraine Marie et moi ?
Plusieurs voix lancent :
— Jean-Marie !
— Moi, je n'aime pas mon prénom, il convient à un garçon ou à une fille et ça m'ennuie.
Après un moment d'hésitation, quelques-uns lancent :
— Dominique ? Léo ? Sam ?
— Non, c'est Claude.

Un autre se lance :
— Je suis né la nuit où en Amérique on remet une statuette qui récompense les films et les acteurs.
— Moi, je sais, c'est César !

Une autre voix lance :
— Non ! César, c'est en France, aux Usa, c'est Oscar !

Parmi les petits scouts, c'est l'excitation, c'est à qui va raconter son prénom alors, Gégé faisant preuve d'autorité désigne qui va pouvoir prendre la parole.

— Moi, je m'appelle Loïc, en souvenir du voyage que mes parents ont fait en Bretagne avant ma naissance dans un hôtel « La maison de Loïc ».

— Moi, c'est Bobby, maman m'a toujours dit qu'elle regardait « Dallas », un feuilleton américain et que c'était le nom du personnage qu'elle préférait.

— Moi, mon prénom c'est un palindrome
— C'est quoi un palindrome ?
— C'est un mot qu'on peut lire dans les deux sens. Je suis né le soir du réveillon, ils n'ont pas voulu m'appeler Noël, ils m'ont appelé Léon.

— Moi, mon père souhaitait que je devienne informaticien, alors il m'a appelé Pierre et avec mon nom de famille, mes initiales sont P.C.

Une petite voix lance :
— Heureusement qu'il ne t'a pas appelé William... ça aurait fait W.C !

Ils éclatent tous de rire et Gégé en profite pour les remotiver :
— Allons, mes p'tits loups, l'averse est finie, on sort, on se remet à l'ouvrage et on continuera ce jeu demain.

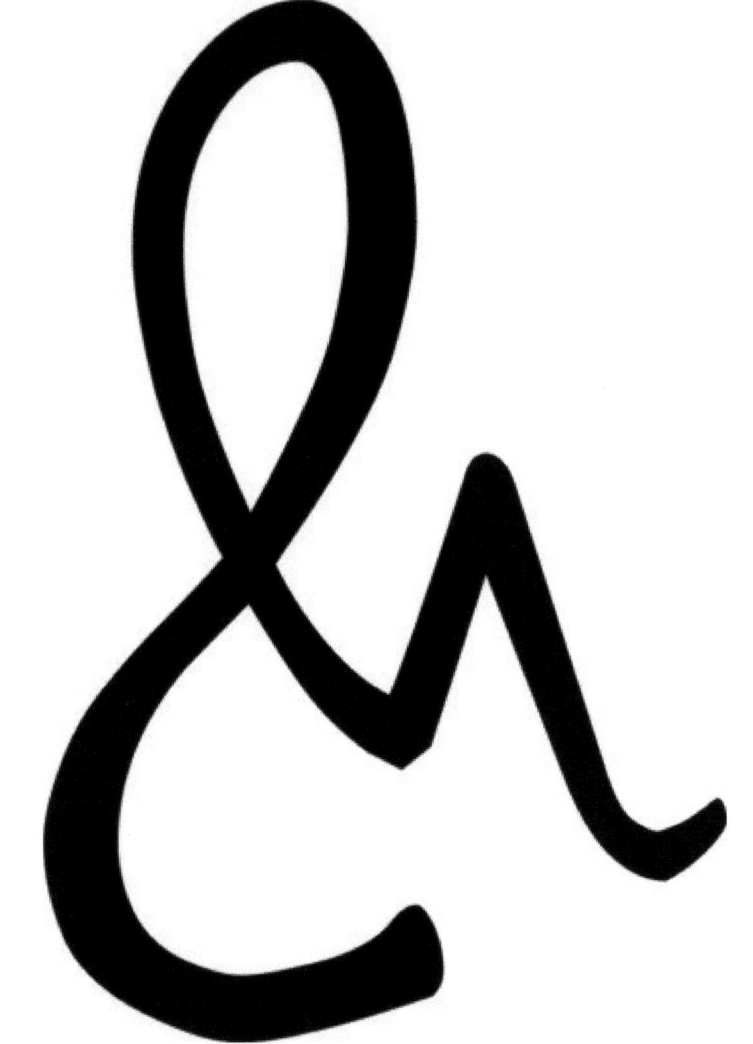

Henri

Elle ne connaît pas Henri depuis longtemps.
Ils sont dans ce pays de découvertes, de questions, de réponses, de recherche de leurs goûts, de leurs envies, de leurs dégoûts et de ce qu'ils attendent de la vie.
Ils ont beaucoup de points communs et leurs différences ne sont qu'un « plus » pour ce qu'ils pourront apprendre l'un par l'autre. Elle apprécie Henri pour sa culture, sa gentillesse, admire son intelligence. Bref, elle lui trouve tellement de qualités qu'elle croit avoir découvert le prince charmant auquel elle rêvait.

Aujourd'hui, c'est une après-midi pluvieuse et comme elle aime les jeux, elle propose d'attaquer une partie de Scrabble. Ce n'est que plus tard qu'elle se souvient qu'il avait marqué une certaine réticence en disant :
— Si cela peut te faire plaisir.

Le jeu commence calmement, mais bientôt, il s'énerve, il veut faire étalage de ses connaissances et pour la surprendre il va chercher dans ses souvenirs de navigateur des mots qu'elle ne connaît pas.
Il estime que mettre quelques lettres qui rapportent beaucoup est débile, que mieux vaut mettre un mot plus long, plus

intelligent, plus sérieux, même s'il ne rapporte que peu de points.
Il lui demande avec un sourire de tenir les comptes, car elle fera cela beaucoup mieux que lui, mais elle remarque qu'à chaque fois qu'elle marque les points, il redresse la tête pour surveiller ce qu'elle écrit.

Quand elle met un mot plus rarement utilisé et plus spécifique à son métier, il veut en vérifier l'orthographe et s'il ne trouve pas le mot contesté dans le Petit Larousse, il réclame le Petit Robert ou le gros dictionnaire en 12 volumes tout en déplorant qu'elle n'en possède pas la dernière édition. Le jeu se poursuit, mais elle n'y trouve plus aucun plaisir, elle a l'impression d'être comme la partenaire du sketch de Pierre Palmade.

Peu à peu, la tension monte, il s'énerve de plus en plus, alors pour éviter toute crispation, elle « oublie » le mot qui lui rapporterait septante points. Quand elle met sa dernière lettre, elle marque sa joie en lançant :
— J'ai gagné !

Tout se passe en un instant, Henri est incapable de maîtriser la rage qui monte en lui et elle a à peine prononcé ces quelques mots qu'elle reçoit une gifle magistrale qui lui coupe le souffle. Elle regarde Henri sans comprendre.

Il essaie de se maîtriser, mais son regard noir, son visage crispé, ses mains qui se tordent contredisent les paroles qu'il essaie de prononcer :
— Excuse-moi.

Elle passe la main sur sa joue endolorie et sa voix tremble quand elle dit :
— Mais…

D'une voix glaciale, il répète :
— Excuse-moi.
Elle ne peut que dire :
— Mais... ce n'est qu'un jeu !
Toujours sur le même ton, il précise :
— Je sais, mais je suis certain que tu l'as fait exprès, tu as voulu montrer ta supériorité, tu as voulu me vexer, mais tu dois savoir que je n'aime pas perdre... même un jeu !

Sans même penser à lui demander si sa joue la fait souffrir, Henri semble reprendre son calme et avec condescendance lui dit :
— Je crois qu'il est préférable que je parte.
Elle ne répond rien et se contente de hocher la tête en silence.

Plusieurs fois, Henri a essayé de reprendre contact, mais elle a refusé de le revoir.

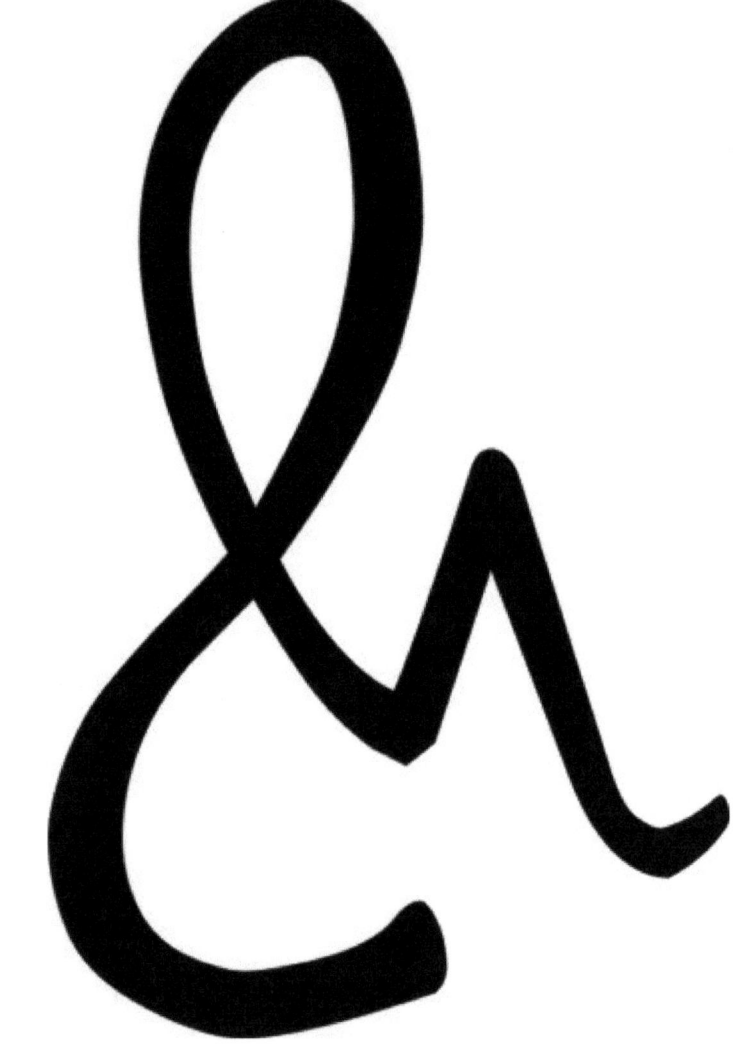

Igor

    Les parents d'Igor avaient décidé qu'ils auraient cinq enfants et que chaque prénom commencerait par une voyelle de A, E, I, O, jusqu'à U.

Après Annabelle et Emmanuelle, on attendait une petite Isabelle, mais ce troisième bébé s'avéra être un garçon de santé fragile. Le choix d'un prénom commençant par I fut plus difficile. Après Isidore, Innocent ou Ignace, ils finirent par se mettre d'accord en choisissant Igor espérant que ce nom d'origine viking lui donnerait le tonus d'un guerrier.

Nous nous sommes connus sur les bancs de l'école et plus tard, nous nous sommes retrouvés comme fonctionnaires dans la même administration.
J'ai appris par des collègues qu'il était marié, mais n'avait pas d'enfant. Quand j'ai essayé de renouer avec lui en souvenir de notre passé, il m'a simplement répondu :
— Pourquoi pas.
— Tu te souviens de moi ? On était à l'école primaire ensemble !
— Bien sûr ! Je me souviens que tu étais le casse-cou de la bande de Julien et que moi, je ne faisais partie d'aucune bande.

Je n'ai pas insisté.

Sa réponse m'avait paru bizarre, alors, j'ai essayé d'en savoir un peu plus sur lui, et les avis ont fait l'unanimité.
— Il ne rit jamais quand on raconte une blague.
— Et même, quand la blague est un peu osée, il sort du bureau.
— Il n'est jamais venu avec nous à la cantine.
— Le midi, il mange ses tartines dans son bureau et ferme la porte.
— D'habitude, c'est le premier qui arrive qui fait le café.
— Moi, je l'ai un jour surpris à traîner pour ne pas être le premier.
— Chacun à son tour, on apporte du café, sauf lui.
— Quand on fait passer la cagnotte pour faire un cadeau à un collègue, il prétend toujours avoir oublié son portefeuille.
— Quand on lui propose de boire un coup entre copains, il ne veut jamais se joindre à nous.
— Si tu as un dossier à traiter en urgence, ce n'est pas à lui que tu dois le demander

Tout cela confirmait l'image que j'avais de lui.

Un jour, dans l'indifférence, on a appris qu'il était absent pour maladie.
Les certificats se sont succédé pendant plusieurs mois et puis un jour on reçut un avis de décès.

Le jour où j'ai représenté mes collègues à son enterrement restera à jamais gravé dans ma mémoire.

Je m'attendais à une cérémonie toute simple avec au maximum une dizaine de personnes, alors, en voyant le monde sur le parvis de l'église, j'ai cru un moment m'être trompé d'heure et qu'on enterrait un personnage connu.

Pour moi, il était impossible que tous ces gens étaient là pour rendre un dernier hommage à l'Igor que je connaissais.

Je me trompais !

J'allais découvrir un Igor inconnu, quelqu'un qui avait une double vie.

Pour nous, il était celui qu'on ne voyait pas, effacé, solitaire, peu convivial, peu coopératif, un peu fainéant, guindé, sans fantaisie, sans humour et pas très intelligent.

Sous un pseudonyme, il était caricaturiste dans un hebdomadaire satirique très connu, apprécié pour sa clairvoyance et son ironie face aux travers du monde et plus encore face à la politique.
Signant PP, il avait exigé de rester incognito tout au long de sa vie, mais avait accepté que sa véritable identité soit dévoilée à son décès.

Depuis, quand je pense à Igor, à celui que je croyais connaître et à son autre personnalité, j'ai appris à me méfier des certitudes !

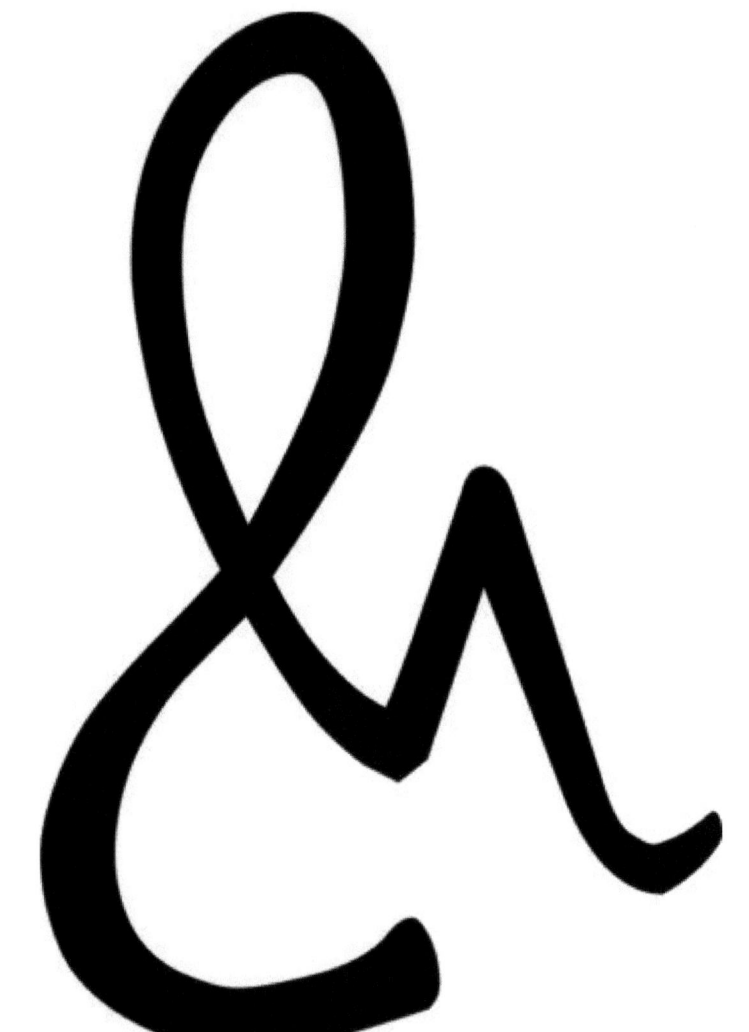

Jacques

Il y a des noms qu'il est parfois difficile de porter. Combien de fois, lorsqu'il se faisait remarquer pour une bêtise, même anodine, ne s'était-il pas entendu dire :
— Ne fais pas le Jacques !

Un jour, par hasard, au cours d'une excursion dans les Ardennes, il était passé par Avioth.
Visitant la Basilique Notre-Dame, aussi nommée « La Cathédrale des champs », après avoir admiré les sculptures en bois, les vitraux et écouté la légende de la Recevresse, il avait appris que ce lieu était une des étapes du chemin de Saint Jacques de Compostelle, alors, il s'était dit :
— Et pourquoi je ne le ferais pas moi aussi, le « Jacques ».

Ce qui au départ n'avait été qu'un défi, était devenu avec le temps un projet qu'il voulait réaliser, alors il avait cherché des renseignements et découvert qu'un chemin nommé la via Arduinna traversait les Ardennes belges.

Bénéficiant encore d'une semaine de congé, il avait décidé de se lancer dans l'aventure et avait choisi sa première étape : d'Avioth à Montmédy.

Aujourd'hui, chargé d'un sac à dos, le bâton à la main, il marche, lentement, en silence, il regarde le paysage qui l'entoure, il est serein, en harmonie avec la nature.

Un pas qui se règle sur le sien attire son attention, il sent une présence sans que cela ne le gêne et quand il entend ces quelques mots dits à mi-voix,
— Si nous faisions quelques pas ensemble ?
Il ne peut que répondre :
— Pourquoi pas ?

Tout en marchant, ils parlent maintenant, sans se regarder, le regard fixant l'horizon, sans savoir qui en a pris l'initiative du dialogue qui s'installe. Ils échangent d'abord des pensées générales sur le pourquoi, le comment, le but de la vie, puis, peu à peu, les réflexions deviennent plus personnelles.

D'un caractère généralement renfermé, Jacques a souvent des difficultés à formuler les questions qu'il se pose, mais là, tout paraît simple.

Comme si le seul fait de devoir trouver le mot juste pour exprimer à haute voix tout ce qui le préoccupe, apporte un éclairage différent sur ses problèmes et lui permet de les voir autrement, il se rend compte qu'il ne demande ni n'attend aucune réponse.

De longs moments de silence entrecoupent leurs dialogues, ils échangent des idées avec respect, partagent leur vécu, sans critiquer, ni moraliser, sans confrontation dans une écoute empathique. À l'étape, ils se quittent simplement en se saluant de la main. Ils n'ont échangé que leurs prénoms, conscients tous les deux qu'ils ne se rencontreront plus jamais.

À son retour chez lui, Jacques a décidé de poursuivre l'aventure.
Il ne sait pas le temps que cela prendra, mais il sait qu'un jour, il arrivera à Compostelle.

Il espère qu'au cours de ses futurs chemins il pourra encore rencontrer d'autres compagnons avec qui faire un bout de chemin et échanger des propos pleins d'intelligence et de sagesse.

Mais… sa rencontre avec un prénommé Richard, était-elle vraiment une coïncidence ?

Il rappelait à Jacques le nom de cet écrivain qui avait tellement marqué son adolescence : Richard Bach, l'auteur de Jonathan Livingston, le goéland.

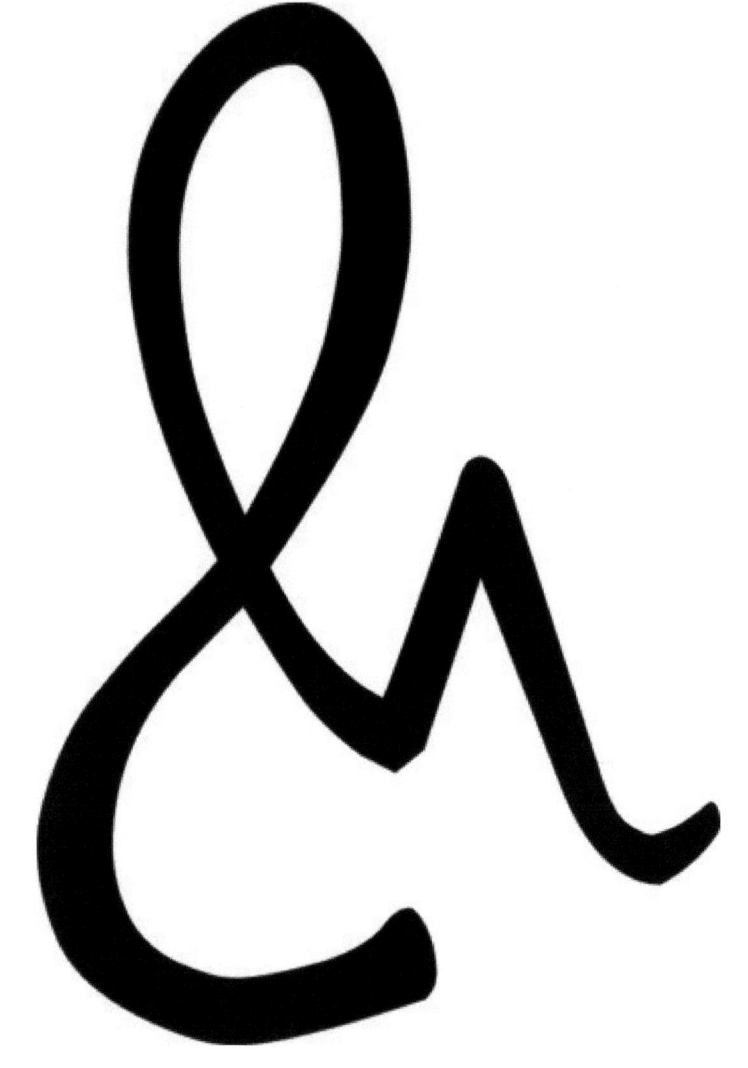

Karl

Depuis que Karl habite à Ribeauvillé, il attend les vacances avec impatience, car alors son petit-fils vient passer quelques jours chez lui.

Il aime lui faire découvrir la campagne, répondre à ses questions et ne peut pas s'empêcher de le taquiner en voyant les maladresses de ce petit citadin quand il veut participer aux travaux de la ferme.

Il a toujours du plaisir à voir son étonnement quand il boit le lait encore tiède de la première traite du matin, quand il s'amuse à jeter à la volée les graines aux poules qui se bousculent autour de lui, quand il revient victorieux en rapportant l'œuf qu'il a découvert dans un coin et, quand armé d'un bâton, il court dans tous les sens pour faire sortir les chèvres puis entamer en riant une course avec le chien Pick.

Karl aime la complicité qui se noue et souvent il lui réserve une surprise. Parfois il l'emmène dans le bois voisin pour chercher quelques plantes aromatiques, il en profite pour lui raconter de vieilles légendes et s'amuse de voir l'inquiétude dans son regard avant de le rassurer avec un câlin.

Parfois il l'emmène au ruisseau avec une épuisette et s'ils attrapent des petits poissons qu'ils relâchent aussitôt, ils applaudissent celui qui en a pêché le plus. Hier après lui avoir montré comment choisir des petits cailloux blancs, de mêmes grosseurs, il lui a appris le jeu des osselets.

Aujourd'hui, il a décidé de lui montrer les ruches de son voisin. Tout le long du chemin, Petit Jean parle, chantonne, saute par-dessus les flaques d'eau et Karl qui est plutôt silencieux sourit devant l'exubérance de son petit compagnon.
— Bon, on arrive.
Gustave les attend devant la porte.
À la main il tient un drôle d'attirail et prend un air important.
— Viens, Petit Jean, je vais t'habiller !

Il lui enfile un grand tablier blanc, lui met sur la tête un drôle de chapeau rond recouvert d'un voile et le petit garçon s'imagine qu'il doit ressembler à un cosmonaute.

Il regarde partout, il cherche des ruches semblables à celles qu'il a vues dans un livre, mais au bout du champ il n'aperçoit que quelques caisses en bois.
— Elles sont où les ruches ?
— Là-bas, tu ne les vois pas ?

Et oui, maintenant les ruches ne sont plus en paille, mais en bois ! Ils s'approchent et Gustave parle à mi-voix :
— Tout semble normal, la récolte sera probablement abondante, mais il faut faire doucement, car elles n'aiment pas le bruit.

Petit Jean a bien du mal à se taire, mais il obéit et en s'approchant des ruches, le bourdonnement régulier des abeilles le rassure. Il se réjouit déjà à la pensée de pouvoir lécher ses doigts et de goûter ce miel qu'il adore.

À son retour chez sa grand-mère, c'est avec beaucoup de détails que le gamin raconte son expédition.
— Tu vas pas me croire, mais le miel qu'on a récolté était bleu !

Grand-mère sourit, elle connaît l'imagination de son petit-fils !
— Je t'assure, les abeilles semblaient toutes en bonne santé, mais leur miel était bleu.

C'est la première fois que Gustave voyait ça et il ne trouvait pas d'explication. Grand-mère essaie de ramener un peu de sérieux.
— Rappelle-toi, tu sais que tu es daltonien et que tu ne vois pas les couleurs comme tout le monde.
— Je sais, mamy, mais je confonds le rouge et le vert, pas le bleu et puis, même Gustave ne comprenait pas ce qui s'est passé. On a goûté le miel et il était aussi bon que d'habitude. Tu peux demander à papy !

Même si grand-mère est sceptique, elle fait semblant de le croire.
— On trouvera bien la raison de ce mystère plus tard. Maintenant, va prendre ton bain, on va bientôt souper.

Avant de s'endormir, Petit Jean pense à sa journée.
Il se réjouit déjà de pouvoir raconter son aventure à ses copains à la rentrée scolaire, car il se sent important d'avoir été le témoin d'un événement aussi étrange.

Extrait du magazine d'actualité hebdomadaire Le Point daté du 8/10/2012

Le mystère du miel coloré de Ribeauvillé a enfin été percé. Cet été, le miel récolté par une douzaine d'apiculteurs du Haut-Rhin avait de bien curieuses teintes. Pour trouver l'origine de ces inhabituels rouge, vert et bleu qu'avait pris le précieux nectar, une véritable enquête de terrain a été nécessaire.

Et le verdict est tombé.

Les abeilles, ces gourmandes, avaient fait faux bond à leurs chers champs de fleurs, leur préférant les déchets sucrés de l'usine de méthanisation installée depuis peu à deux pas de là. C'est là que comme d'autres résidus de l'industrie agroalimentaire des sucreries colorées étaient stockées en plein air.

Lucien

Aujourd'hui, c'est répétition générale de la grande parade.

Il faut que tout soit parfait, car l'enjeu est important. Réunis sur le stade de la commune, ils savent tous ce que l'on attend d'eux.
Seuls, les danseurs de la bourrée folklorique n'ont pas voulu revêtir leurs costumes de crainte de les salir et cela leur a été autorisé, par contre, tous les autres ont dû revêtir l'uniforme qu'ils revêtiront demain.

Lucien, conscient de son importance doit, par un battement de tambour, lancer le moment du départ.
Il est prêt, il n'attend que le signe du maître de cérémonie.
Celui-ci après un regard circulaire lève la main.

Lucien, fait vibrer son tambour par la batterie attendue.
  Ran... tan... plan

Les premiers groupes démarrent et marchent en cadence.
  Ran... tan... plan

Jusqu'ici, tout se passe bien, mais ce que Lucien attend ce sont les majorettes, qui clôturent la première partie du cortège, encore deux groupes et elles seront là,
Ran... tan... plan

Les voilà
Ran... tan... plan

Les majorettes, s'avancent, jupette au vent, les jambes bronzées, les bottes impeccablement blanches, elles marchent en souriant avec une synchronisation parfaite et exécutent impeccablement les mouvements chorégraphiques.
Ran... tan... plan

La majorette en chef marche devant, elle se prépare à l'ovation qui, elle en est certaine, suivra sa démonstration du jeu du bâton.
Ran... tan... plan... plan

Elle jette un regard vers le tambour qui a accéléré le rythme, mais elle est bien décidée à défendre son titre.
Ran... tan... plan... plan

Elle suit la percussion, marque le pas, fait les bonds prévus et rattrape le bâton avec grâce
Ran... tan... plan... plan

Elle jette un regard inquiet vers le tambourineur qui semble l'ignorer et accélère encore le rythme, elle essaie de suivre le mouvement, ce qui l'oblige à saisir le bâton en plein vol.
Ran... tan... plan... plan

Le jeu des baguettes sur le tambour est de plus en plus rapide et celui du jeu du bâton de plus en plus court, les pas de moins en moins précis, les virevoltes incomplètes et ce qui devait arriver arrive : le bâton, mal lancé traverse l'espace avant d'atterrir sur la pelouse et la majorette entraînée par un mouvement trop brusque, glisse et tombe lourdement.

Ran... tan... plan... ran... tan... plan... ran... tan... plan chante le tambour comme pour un chant de victoire.

Après s'être relevée, la majorette rouge de honte, au bord des larmes, va récupérer le bâton qui brille dans l'herbe, esquisse une révérence et reprend sa place en tête de la troupe.
Ran... tan... plan

Comme si rien ne s'était passé, le tambour a repris son rythme initial.

Tous les regards se portent vers la majorette en chef.
Tous, sauf un : celui du tambourineur qui a du mal à cacher son sourire.

Hier, elle lui avait posé un lapin et ce matin, en le voyant, elle lui a dit en riant :
— Tu ne t'es tout de même pas imaginé que j'allais me déplacer pour un simple petit tambourineur !

La vexation avait été trop forte et aujourd'hui, Lucien s'est vengé.

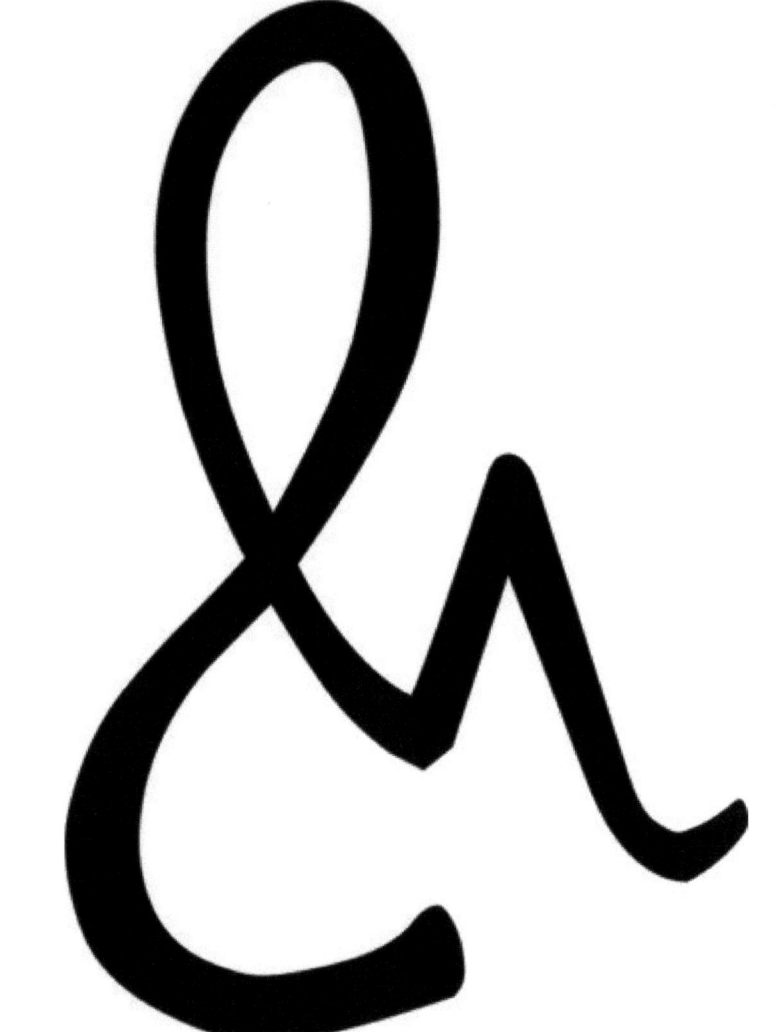

Maurice

Maurice aura bientôt quatre-vingts ans, discret, il a une vie bien réglée dans le petit village où il est né et où il est retourné depuis sa retraite.
Qui pourrait se douter que cet homme si calme a une passion : l'automobile.

Et pourtant... quand dans une conversation quelqu'un lance :
— Hier, je suis allé chez mon garagiste.

Maurice semble se réveiller, prend la parole et devient intarissable. Même si on connaît toutes ses histoires, on ne se sent pas le courage de l'interrompre et de lui ôter son plaisir.

C'est les yeux brillants qu'il raconte les histoires de ses voitures ; depuis la première de son père, qu'il allait voir dans le garage où pendant la guerre on l'avait démontée et cachée ; son plaisir quand il passait sa main sur la carrosserie douce et froide et sa peine quand celle-ci avait été réquisitionnée et enlevée ; celle que son père avait achetée juste après la guerre, qui faisait tellement de bruit qu'on l'entendait venir dès qu'elle arrivait au coin de la rue ; sa fierté, quand il était au volant de la première voiture qu'il avait achetée en économisant sou par sou !

C'était un vieux modèle qu'on aurait pu taxer d'ancêtre, qui avait passé de nombreuses années dans un garage, gardé soigneusement par sa propriétaire en souvenir de son mari, mais qui (cerise sur le gâteau !) n'avait que 10 000 km au compteur. Il se souvient de son émotion en écoutant le bruit du moteur silencieux depuis si longtemps.

Il aime raconter les avatars qu'il a eus avec les suivantes ;
- La 2cv, baptisée Caroline et qui n'avait qu'un siège : celui du conducteur,
- La VW parquée devant chez lui et qui une nuit fut réduite en épave par un conducteur ivre,
- La Triumph Hérald blanche dont il avait choisi les sièges en cuir rouge et qui, tombée en panne sur l'autoroute avait fait son dernier voyage en dépanneuse avant de finir à la fourrière,
- La Peugeot 404 qui avait suivi et dont il regrettait le confort et la facilité de conduite, l
- La Simca, dont les portières ne s'ouvraient qu'une fois sur deux, ce qui l'obligeait d'y entrer par le hayon arrière,
- La Peugeot, achetée chez un casseur et qu'il n'avait gardée qu'un an,
- La R4, sa préférée, qui passait presque partout comme l'aurait fait un 4x4, qui lui avait permis de partir en vacances au soleil, et qu'il faisait démarrer à la manivelle.

Pour lui, les meilleurs moments de l'année, c'est quand se déroulent les rallyes.

Alors, sa passion de l'automobile l'emporte. Il achète tous les quotidiens, découpe les photos, connaît les noms de tous les participants, leurs précédentes victoires et ... il ne fait pas bon de lui téléphoner pendant une émission qui parle de ces manifestations.

Le matin du départ, c'est tôt qu'il quitte sa maison pour s'installer confortablement à l'endroit le plus stratégique du parcours.

Le chronomètre à la main, il note les passages des concurrents, les reconnaît aux couleurs des carrosseries, ferme les yeux pour mieux se concentrer, calcule leur vitesse, apprécie les dérapages contrôlés et bloque sa respiration quand une voiture prenant mal le virage risque la sortie de route.

Maurice est devenu l'image emblématique du rallye des Ardennes.

Pourtant, s'il trouve toujours plaisir au bruit des moteurs, si les voitures le font toujours rêver et si dans son garage, il continue à bichonner sa vieille Polo, il ne l'utilise plus que rarement.

Pour ses petits déplacements dans son village, il s'est acheté un vélo, mais ... électrique !

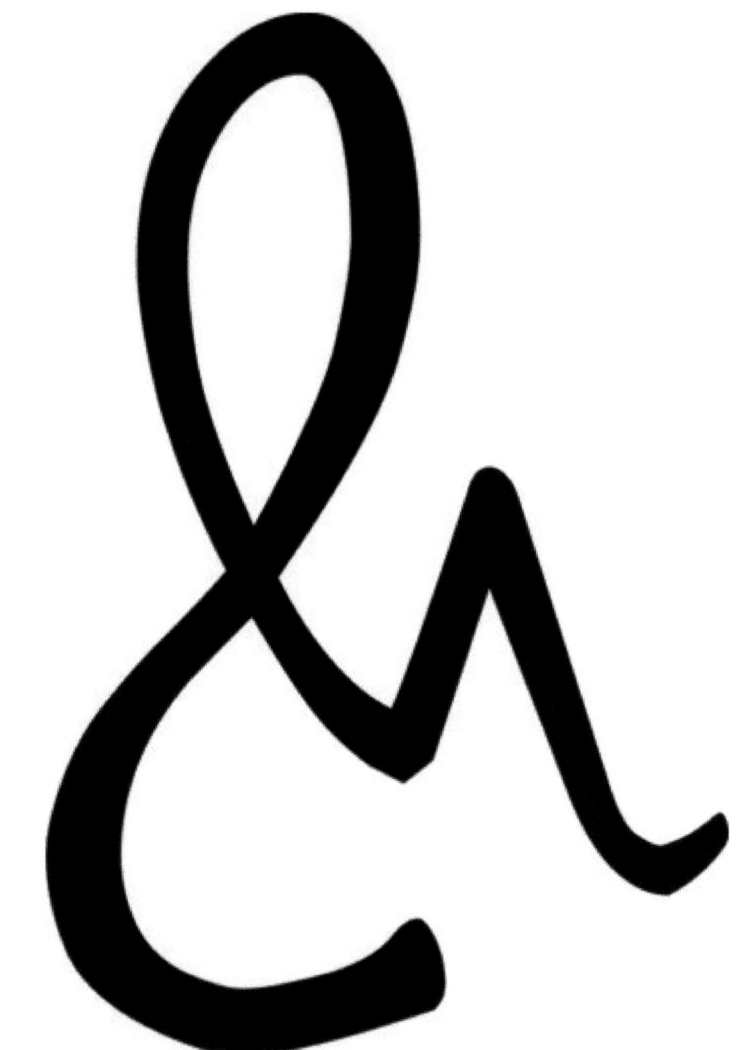

Norbert

Norbert ne s'aime pas.

C'est en entrant la première fois à l'école que sous le regard de ses condisciples il a pris conscience de sa différence et du bec de lièvre qui le défigurait.

Toute son enfance, il a souffert des rires, des moqueries et du rejet.

À l'adolescence, face aux regards ironiques et aux plaisanteries douteuses sur sa balafre, Norbert n'a trouvé comme parade que d'attaquer avant de devoir se défendre. Il apparaissait alors comme un garçon au mauvais caractère, susceptible, irascible, batailleur et peu fréquentable.

Pourtant, lui derrière sa cuirasse ne rêvait que de calme, d'entente, de camaraderie, de convivialité, de complicité.

Il souffrait de plus en plus de sa solitude et jalousant les autres qui pouvaient se réunir, flirter, mener une vie normale sans se poser de questions, il avait même un moment envisagé le suicide.

Il se retrouvait tellement dans la chanson de Jacques Brel :

Être beau ... beau ... beau ...

Aujourd'hui, il réalise un de ses rêves : être à Venise pendant la période du carnaval. Vêtu d'une culotte en satin de couleur miel, surmonté d'un gilet chamarré, d'un jabot en dentelle, d'une veste en velours brodé d'or, coiffé d'un tricorne bordé de fourrure, il se drape dans une large cape et cachant son visage sous un masque blanc il déambule lentement sur la place des Doges.

Si le masque cache son visage, il peut voir l'amabilité dans les yeux de ceux qui l'accostent, il découvre le bonheur d'être abordé avec gentillesse, s'étonne de voir l'admiration qu'il suscite, d'être félicité pour son élégance, le choix de son déguisement et il en oublie presque la difformité de son visage.

Avec un reste de méfiance, il reste sur la défensive quand quelqu'un s'approche et lui adresse la parole, mais quand il ose répondre dans son italien approximatif, il lui semble que son défaut de prononciation soit moins perceptible et derrière son masque, il se surprend à sourire.

Peu à peu, il se laisse prendre au jeu, son armure s'effrite, il perd toute agressivité, répond aimablement aux interlocuteurs, engage même la conversation avec des inconnus et se comporte comme le garçon gentil qu'il est vraiment au fond de lui. La découverte de ce que peuvent être les rapports humains chaleureux le bouleverse et les idées se bousculent dans sa tête.

En proie à une émotion trop forte, Norbert ressent le besoin de s'éloigner, de retrouver un peu de calme. Il s'engage dans une ruelle, passe un petit pont et arrive sur une placette où quelques marches sont éclaboussées par l'eau du canal.

Assis sur une pierre, en proie à l'incertitude, il est tenaillé entre deux désirs, d'abord celui d'enlever son masque, de se montrer « nu », d'être en accord avec ce qu'il est vraiment au fond de lui et d'autre part de le garder pour se protéger de certains regards.
Mais il sait que le Carnaval n'a qu'un temps, qu'il lui faudra, demain, quitter Venise, rentrer chez lui et retrouver ses problèmes.

Un rayon de soleil perce entre deux maisons, se reflète sur l'eau du canal, miroite à ses pieds et cet éclair de lumière, il le reçoit comme une réponse à ses questions, comme un signe du destin.

Maintenant, il se sent capable de sauter le pas : dès son retour, il prendra les renseignements nécessaires et subira cette opération esthétique que certains lui avaient suggérée, mais qu'il avait toujours refusée par crainte d'un échec.

Norbert a décidé de faire confiance en l'avenir.

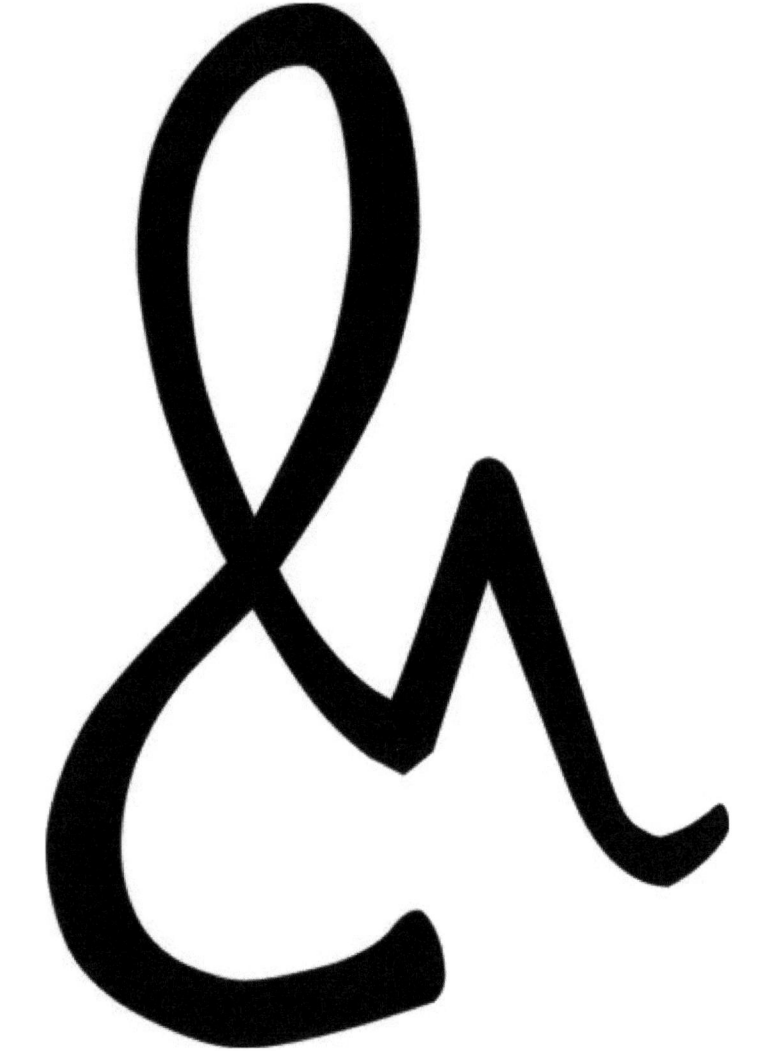

Otto

Tous les ans, à l'approche de Noël, Otto choisit avec soin le sapin qui garnira son salon.

Coupés depuis un certain temps, cloués sur un socle en bois, entassés à la pépinière, ils perdent rapidement leurs épines dans la chaleur des habitations et après les fêtes, la vue de ces sapins déplumés que l'on voit traîner sur les trottoirs le remplit toujours d'amertume.

Il y a bien sûr les sapins artificiels, que l'on ressort chaque année, de plus en plus empoussiérés, mais qui, même admirablement décorés, ont perdu pour lui la symbolique de l'arbre-ami que l'on accueille dans sa maison.

Aussi, cette année, même s'il habite un appartement, il a décidé de ne pas participer à ce gaspillage et d'en acheter un, avec sa motte.

Planté dans un grand pot en grès, avec du terreau et arrosé régulièrement, il semble se faner moins vite et diffuse dans la pièce un parfum subtil.

Comme chaque année, Otto trouve le même plaisir à répartir les guirlandes lumineuses qui l'illumineront, à y accrocher les boules qui brillent de toutes leurs couleurs, à y pendre des petits personnages en bois, les « cheveux d'ange » et toutes les décorations entreposées dans son garage le reste de l'année.
Il décore aussi la table de bougies et de gui.

Dans sa famille, il est de tradition de se réunir et de présenter ses vœux le premier janvier, étant le doyen de la famille, c'est chez lui que cette réunion se fait, chacun apportant une préparation qu'ils partageront pour le repas de midi.

L'ambiance est toujours très joyeuse, c'est l'occasion de revoir les enfants qui ont grandi, d'apprendre les projets des plus grands, de faire la connaissance des « petits amis », mais aussi d'avoir une pensée pour les absents.

Cette année, Otto a envie d'innover, sous le sapin, il dépose pour les enfants des petits paquets portant chacun un numéro, et puis il se dit que les adultes aussi aiment les surprises et que tout le monde peut en profiter ; alors après le dessert, il les invite <u>tous</u> à pêcher un papier dans une corbeille et à aller chercher leur surprise.

Chacun est curieux d'ouvrir son paquet et de découvrir des chocolats, des biscuits, des caramels, des cuberdons ou des marshmallows, mais... le super gros lot, c'est... le sapin !
(Réservé bien sûr à ceux qui possèdent un jardin !)

Cette année, l'heureuse gagnante est sa cousine Juliette.

Il faut donc rendre au sapin son aspect naturel et le « dépouillement » est confié aux enfants qui s'y attaquent avec des rires et des taquineries tandis que les mamans (avec autant de rires et de taquineries!) s'emploient à ranger toutes les garnitures dans les boîtes.

Tout n'est pas fini, car le plus dur sera de le faire entrer dans le coffre de la voiture Juliette pour qu'elle puisse l'emporter et le replanter, en espérant ainsi lui permettre de continuer à vivre sa vie de sapin ordinaire. Heureusement, les bras sont nombreux et bientôt Juliette et le sapin peuvent s'éloigner sous les acclamations.

Ensuite, la soirée s'effiloche au gré des départs des uns et des autres.

Seul, dans son fauteuil et dans le silence retrouvé, Otto est content de lui, il a atteint son but, son geste, si minime soit-il lui apparaît important.

Il pense à son sapin, se dit qu'il aimerait qu'au fil des ans, d'autres viennent le rejoindre et rêve déjà de pouvoir se promener un jour dans ce qu'il a égoïstement baptisé :

« *ma petite réserve naturelle personnelle* ».

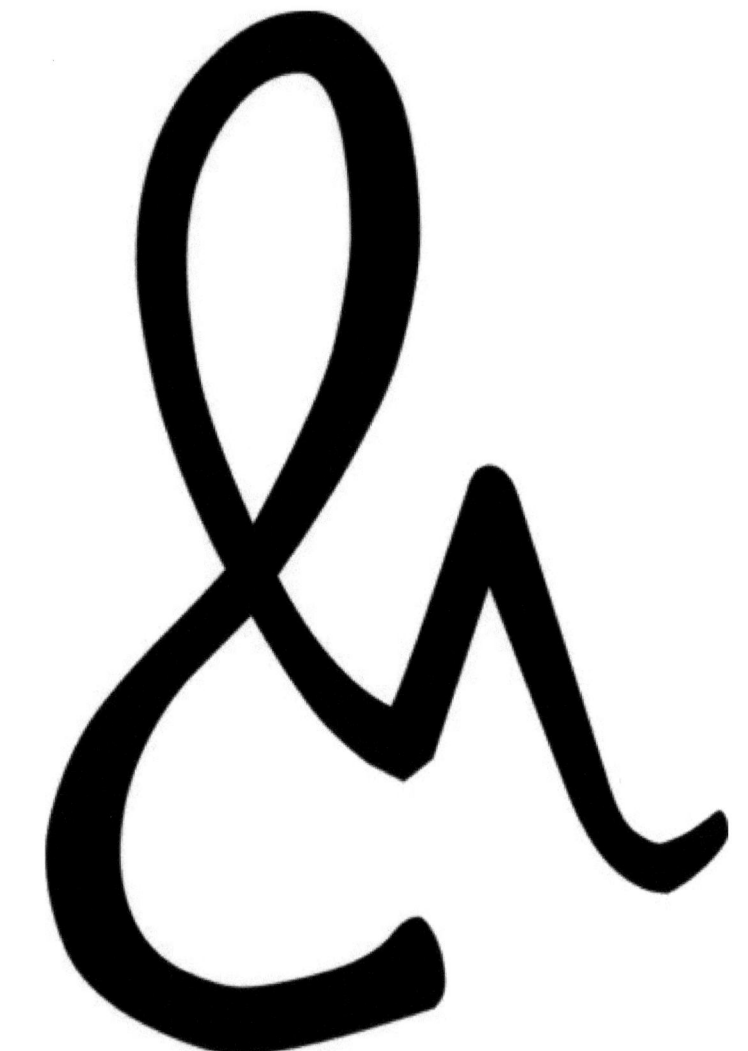

Pierre

Quand il est assis au jardin, et qu'il voit voleter des papillons, c'est toujours le même souvenir qui lui revient en mémoire. Cette anecdote que grand-mère aimait raconter datait du temps où il n'allait pas encore à l'école, du temps où on l'appelait Petit Pierre.

Grand-mère les a quittés depuis longtemps, mais c'est maintenant lui qui la raconte :

Un jour que j'étais à la toilette, j'ai appelé :
— Grand-mère, grand-mère, vient vite, vite, vite !
Elle n'a pas tardé à arriver :
— Que se passe-t-il ?
— Je dois faire pipi, mais je peux pas !
— Pourquoi ?
— Regarde !

Dans le pot, il y avait un papillon qui était en train de noyer.
— Grand-mère, fais quelque chose ! On peut pas le laisser, il va mourir !

Grand-mère est allée chercher un carton, l'a glissé dans l'eau, sous le papillon, et l'a retiré de sa position difficile.

— Pourquoi tu l'as pas pris avec les doigts ?
— Parce que les ailes du papillon sont fragiles et que je ne veux pas le blesser !
— Et maintenant ?
— Tu vas d'abord faire pipi et puis tu me rejoins au jardin.

Grand-mère est sortie de la toilette, en tenant avec précaution le carton imbibé d'eau et dégoulinant sur lequel le papillon s'était immobilisé.
Je criais de m'attendre, mais elle ne m'écoutait pas.
Je voulais savoir ce que grand-mère allait faire, je voulais tout voir.

Au jardin, elle a déposé le carton sur un muret au soleil et nous l'avons observé. Le papillon a commencé à se trémousser, mais ses ailes restaient collées l'une contre l'autre.

Ce n'est qu'après un long moment qu'il a lentement déployé ses ailes, mais on voyait qu'il n'était pas encore prêt à s'envoler. Grand-mère espérait qu'il ne se soit définitivement blessé par son séjour dans l'eau, mais moi, j'étais certain qu'on l'avait sauvé.

Au bout d'un certain moment, grand-mère a dit :
— Regarde, il semble avoir plus de facilité à bouger ses ailes.
— Grand- mère, on voit souvent des papillons blancs, mais celui-ci est bien plus beau, il a plein de couleurs. Pourquoi ?
— Comme il y a plusieurs sortes de chiens, il y a plusieurs sortes de papillons. Celui-ci il s'appelle Vulcain.

Pendant ce temps, le papillon a pris du temps pour se sécher et j'en ai profité pour mieux l'observer. J'ai posé des questions à grand-mère, tellement de questions qu'elle m'a proposé de regarder avec elle, plus tard, dans son livre sur les insectes pour y trouver les réponses.

La chaleur du soleil a dû agir, car après un dernier mouvement, Vulcain s'est envolé, d'un vol saccadé comme s'il réapprenait à voler et il a disparu derrière le pommier.

J'étais tout heureux.

— Dis, grand-mère, tu crois qu'on lui a sauvé la vie ?
— Je l'espère.

Quelques jours plus tard, alors que je jouais au jardin, j'ai vu un papillon qui s'approchait, un Vulcain !

Tout content, j'ai crié :
— Grand-mère, grand-mère, Vulcain est revenu, je suis certain qu'il est revenu pour nous dire merci.

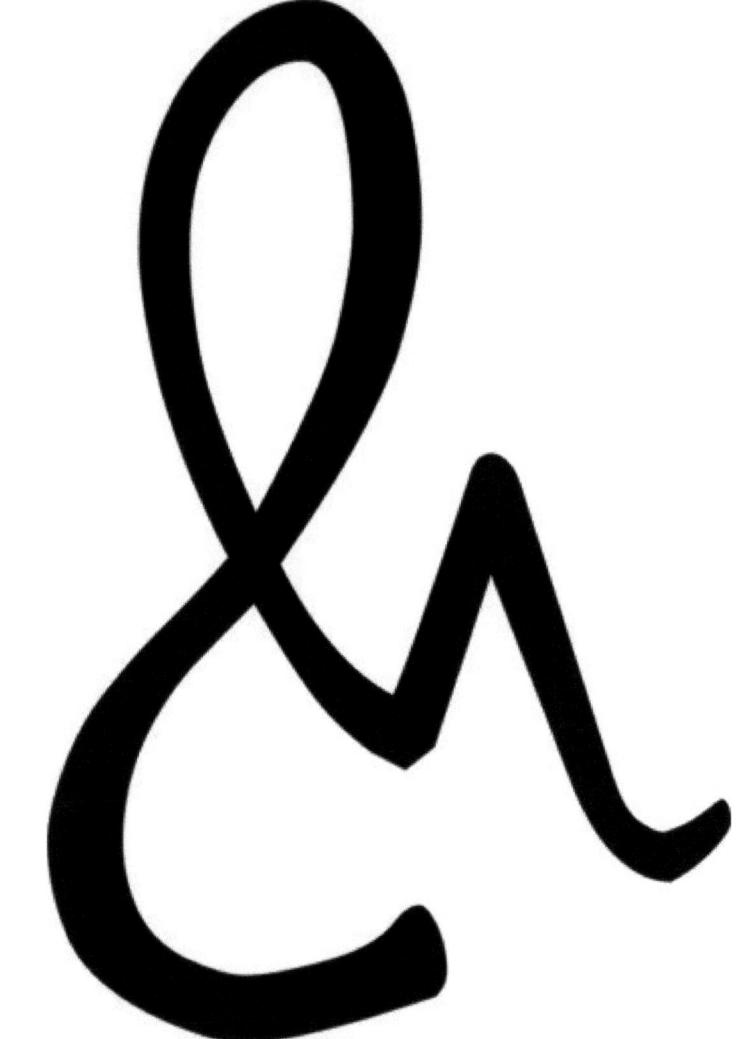

Quentin

Pour certains, Quentin peut paraître un « original ».

Son garage est rempli d'objets hétéroclites qu'il rapporte de ses virées dans les petites brocantes villageoises dont il raffole. Il prétend que tous ces vieux objets en bon état sont bavards, qu'ils racontent la vie d'avant l'automatisation et il a toujours plaisir à retrouver ces gestes oubliés que faisaient les hommes qui étaient (dit-il) en harmonie avec la nature.

Adepte de la récupération, du recyclage, avec les objets cassés il imagine comment et pourquoi ils se sont cassés, mais surtout il crée souvent de nouveaux objets avec ce qu'il trouve ici et là.
Dans son garage dorment tous ceux qui un jour reprendront vie, c'est la caverne d'Ali Baba, un lieu où il garde précieusement ce qu'il appelle « mes petites perles ».

Ce matin, il a décidé de « rénover » la vieille table de jardin dont le plateau en bois est plein de taches et d'éraflures, il la voudrait plus gaie, plus « personnelle ». Il y pense depuis plusieurs jours et dans ce but, il a découpé dans les catalogues de jardinage, des images d'arbres, de brindilles, de feuilles, de fruits et de fleurs de toutes les couleurs.

Il s'est installé sous la tonnelle, la table devant lui et sur la chaise voisine la boîte qui contient ses « découpages ».
Le soleil est lumineux. Quentin prend une profonde inspiration, cligne les yeux et dispose d'abord au hasard ce qui servira de fond, un assemblage de morceaux d'écorce, de brindilles aux formes tortueuses, de tiges duveteuses et de feuilles aux pétioles finement découpés. Puis il les agence différemment, les déplace, essaie d'autres associations, bloque les petits morceaux de papier avec des petits cailloux jusqu'à ce que l'ensemble commence à lui plaire.

Il se lève, recule de deux pas, jette un coup d'œil sur ce premier travail, rectifie quelques placements et réfléchit un moment pour savoir par où commencer la corvée fastidieuse de l'encollage.
Il prend chaque découpage, l'enduit avec minutie, le remet à l'endroit précis d'où il l'a retiré et appuie avec un chiffon pour le fixer et ne pas le froisser.
Ensuite, prenant prétexte de laisser sécher la colle, il décide de s'octroyer une pause, va chercher une tasse de café et la boit en regardant ce qu'il a déjà fait.

On dit que : « Choisir c'est renoncer. » Quentin qui se prépare à aborder la phase suivante : placer les fleurs, sait que le choix sera difficile et qu'il devra en éliminer certaines.

Méticuleusement, il combine les formes, les couleurs, ajoute, retire, rajoute, re-retire, regarde l'ensemble et décide d'ajouter au milieu comme un soleil, la fleur de tournesol qui lui fait penser à Van Gogh.

Il faut maintenant à terminer le travail et Quentin s'y remet, attentif à ce que dans l'enthousiasme aucun geste trop brusque ne vienne compromettre ce dernier encollage. Après avoir mis

la touche finale, il recule de deux pas pour regarder le résultat, et est fier de lui.
Il est impatient et curieux de voir le résultat de sa créativité.
L'idée de partager un moment festif avec des amis autour d'une table si originale le met déjà en joie.

Mais …
Le lendemain matin, quand il décide de faire le travail de finition : mettre une couche de vernis pour protéger cette table toute personnelle, il ne se doute pas de ce qui l'attend !
D'abord, il entend un léger bourdonnement lorsqu'il se dirige vers la tonnelle, et comme celui-ci augmente rapidement à son approche, il doit se rendre à l'évidence : trompées par les fleurs colorées, abeilles et des guêpes sont attirées par la table.

Par prudence, il décide de la déplacer dans un autre coin du jardin et remet à demain son projet de la vernir.

Maintenant, de loin, en toute sécurité, il peut observer le ballet des abeilles, des guêpes, des mouches et d'autres insectes qu'il ne connaît pas, mais aussi des papillons, tous attirés par l'éclat des couleurs.

Malheureusement, il sait que dorénavant, pour partager un moment convivial en toute tranquillité, il devra cacher sa table et la recouvrir par une nappe unicolore.

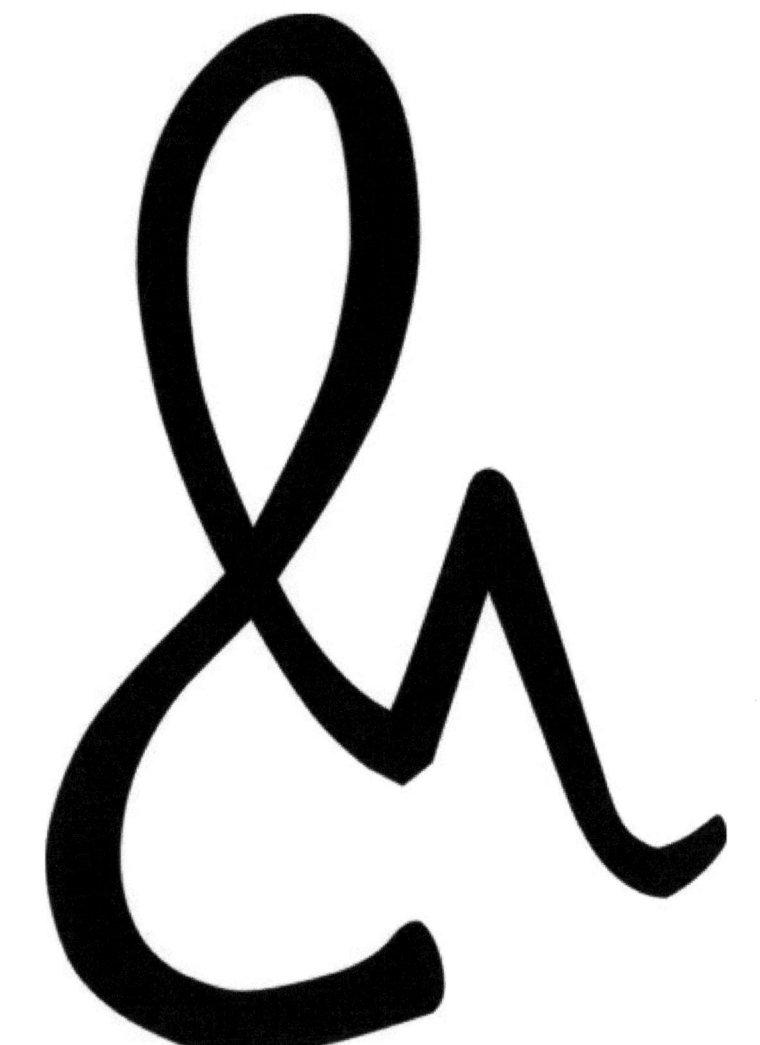

Raoul

Tout en bêchant son potager, Raoul pense à sa retraite qui va arriver bientôt et il s'inquiète.

Va-t-il devenir comme certains qu'il connaît et s'enfoncer dans la nostalgie, devenir de plus en plus solitaire, perdre goût à la vie et un jour disparaître dans l'indifférence générale ?

Va-t-il comme d'autres devenir si aigri de se sentir inutile, si exigeant envers les autres, si désagréable par son égoïsme, qu'il fera fuir tout le monde, même les meilleures bonnes volontés ?

Va-t-il accepter de revoir quelques anciens collègues qui prétendent envier sa chance d'être célibataire, car eux, mariés, parents ou même grands-parents, même s'ils ont plaisir à consacrer du temps à leur famille, se plaignent de n'avoir pas un moment pour eux... et pour lui ?

Va-t-il enfin devoir se contenter du bref dialogue quand il rencontre une personne connue :
— Bonjour ! Ça va ?
— Oui, ça va. Et toi ?
— Moi aussi. À la prochaine !

Raoul refuse de devenir comme eux.
Si son seul intérêt reste le jardinage, celui-ci est tributaire de la météo et ne comble pas ses journées.
Il n'est pas fanatique de lecture, cela le fatigue et s'il prend un livre, c'est un de ses vieux « Tintin » où il retrouve son enfance. Quant à la télévision à part le journal télévisé, quelques matchs de foot et bien sûr le tour de France, le reste ne l'intéresse pas.

Un jour, travaillant à ses semis dans son potager, il entend un léger piaillement dans la haie voisine. Intrigué, il s'approche, fouille et découvre un petit oiseau encore béjaune. Il l'emporte au creux de la main, le dépose sur un linge dans une boîte en se demandant que faire et se souvient que dans l'appentis doit encore se trouver une vieille cage qui a un temps abrité le canari de sa sœur. Il va la chercher, la retrouve, y installe l'oisillon, lui donne un peu de pain imbibé de lait et observe ses réactions.

Jour après jour, Raoul le soigne, il a retrouvé un but : sauver l'oiseau.

Mais... Raoul a un chat qui lui aussi semble intéressé par les pépiements. Par prudence, il essaie de prendre l'habitude de fermer les portes, mais Zorro (le chat) habitué à entrer et sortir de la maison quand il le décide, n'accepte pas de trouver porte close, il miaule devant la porte et cela agace Raoul.

Lassé de devoir être sur ses gardes et de jouer au gendarme quand le chat entre dans la maison, il croit avoir trouvé la solution. Un jour, au moment de nettoyer la cage, il en enlève le fond, attrape son chat et le coince dans la cage pendant quelques instants. Le chat souffle, miaule, se secoue dans tous les sens et s'enfuit quand Raoul lui rend la liberté, depuis, il se méfie et ne s'approche plus de la cage même s'il jette toujours un regard de convoitise sur le volatile. Raoul s'est félicité de son idée qu'il a trouvée « magistrale ».

Raoul sans s'être vraiment intéressé aux oiseaux, sait reconnaître un paon, une pie, un rouge-gorge et peut-être même une mésange, mais cela s'arrête là et il est incapable de dire quel est l'oiseau qu'il a soigné.
Il aimerait tout de même savoir à partir de quand celui-ci serait capable de se débrouiller tout seul pour lui ouvrir la cage et lui rendre la liberté.

Ce matin, il décide d'en parler à la boulangère en allant chercher son pain.
— J'ai recueilli et soigné un oiseau tombé du nid, mais je ne sais pas ce que c'est comme oiseau, tu ne pourrais pas me dire à qui je peux le demander ?
— Tu te souviens de Virgile, l'ancien boucher, je crois qu'il s'occupe des oiseaux. Il habite sur la grand-route, une maison blanche à côté de l'ancienne poste. Va le voir.

Après avoir hésité quelques jours, Raoul se rend à l'adresse indiquée.

C'est Virgile qui lui ouvre la porte :
— Tiens ! Qui voilà !
— Excusez-moi de vous déranger, mais j'ai besoin d'un renseignement. J'ai recueilli un oiseau, mais je ne sais pas ce que c'est.
— Entre !

Tout en lui posant des questions, Virgile feuillette un livre aussi gros qu'un dictionnaire puis, après cinq minutes, il lui dit en montrant une photo :

— C'est probablement un accenteur mouchet.

Le contact s'établit rapidement et au bout d'un quart d'heure, ils discutent comme de vieux copains.

Il n'a pas fallu longtemps pour que Virgile communique sa passion à Raoul et maintenant on les rencontre souvent se promenant dans la campagne, les jumelles à l'épaule.

Inscrits tous les deux dans le même club ornithologique, ils participent régulièrement à des excursions pour observer des oiseaux d'autres régions et sont même plusieurs fois partis à l'étranger.

Il y a un an, qui aurait pu dire que Raoul qui frisait la dépression serait aujourd'hui heureux de vivre et débordant d'activités à cause (ou grâce) à un petit oiseau tombé du nid ?

Sylvain

Seul dans la prairie, il regarde l'horizon qui s'ouvre sur un ciel sans nuage ce qui annonce une belle journée.

Depuis longtemps il souhaitait cette réunion familiale.

Il se souvient de la difficulté de trouver une date qui convienne à tout le monde, mais aujourd'hui il sait que ses efforts n'ont pas été vains, qu'ils seront tous là et espère que cela leur fera un beau souvenir.

Il jette un regard autour de lui et se dit qu'il a bien fait de louer cette grande tonnelle qui fait de l'ombre à la grande table en bois et se dirige vers les barbecues empruntés aux voisins.

Il rassemble des brindilles, des feuilles de journal froissées et dispose près de lui des branchettes plus grosses et des petites bûches qu'il a taillées dans le vieux chêne abattu l'année dernière et qui ont séché toute une année sous l'appentis.

Il prend une inspiration, conscient de ce moment important, craque une allumette, la glisse sous la brindille la plus fine et regarde naître une toute petite lumière. Celle-ci devient dorée, puis rougit, s'amplifie ... et brusquement, une flammèche jaillit encore bien faible et fragile, il la protège de ses mains en soufflant sur elle pour la soutenir, l'encourager et lui donner de la force tandis qu'il écoute son léger crépitement.

La flamme s'empare alors de la brindille voisine, s'enfle, se met à ronronner ... et soudain, tout s'embrase pendant qu'une fumée légère monte vers le ciel.
Il surveille quelques instants son ouvrage, avec précaution dispose des bûchettes sur le feu naissant en veillant à ne pas l'étouffer.

Contemplant les flammes, il admire ce qu'il vient de créer et se sent aussi fier qu'un alchimiste ayant réussi l'œuvre au noir.
En attendant que le brasier ne se calme pour ne laisser que des braises rougeoyantes, il retourne dans la cuisine.

Ce matin, sur des plateaux, il a disposé un choix de viandes : steaks, hamburgers, saucisses, merguez, côtes d'agneau, brochettes de dinde et tranches de lard, afin que chacun puisse choisir ce qu'il préfère.
Il a préparé les pommes de terre farcies de livèche et emballées dans du papier alu, des salades cueillies au jardin, mais non assaisonnées pour qu'elles restent plus croquantes et pour laisser le choix entre la mayonnaise (maison, bien sûr) ou la vinaigrette à l'estragon.
Sur la table, il a rassemblé le sel de Guérande, le moulin à poivre, les sauces, les bocaux d'oignons et de cornichons et des épices plus exotiques.

Ce matin, il a étendu sur la table de la tonnelle la nappe brodée qu'il ne sort que dans les grandes occasions. Il a placé les grandes assiettes blanches, les verres de couleurs et déposé des petits pains sur les serviettes de couleurs.

Sur une petite table à l'ombre, deux tonnelets de vin attendent les convives et des petites bouteilles d'eau trempent dans un seau avec des glaçons.

Il jette un coup dernier d'œil autour de lui pour vérifier si tout est tel qu'il l'a prévu et il sourit de satisfaction.

Tout est prêt !

Il sait que tantôt, il aura de l'aide et pourra se comporter en « pater familias ».

Midi sonne au clocher du village.

Bientôt, les invités arrivent par petits groupes puis se dispersent sur la prairie comme une nuée d'étourneaux, les cris et rires fusent de toutes parts. Ils sont tellement heureux de se retrouver !

Sylvain rit intérieurement de la surprise qu'il leur réserve : les bouteilles de champagne mises au frais pour l'apéritif, la surprise de l'énorme gâteau et ses bougies, et... surtout : le feu d'artifice !

Eh oui ! 70 ans, ça compte !

Sylvain se dit qu'il aura un bel anniversaire et tout heureux il se redresse et comme un cri de victoire lance un tonitruant :

« À table ! »

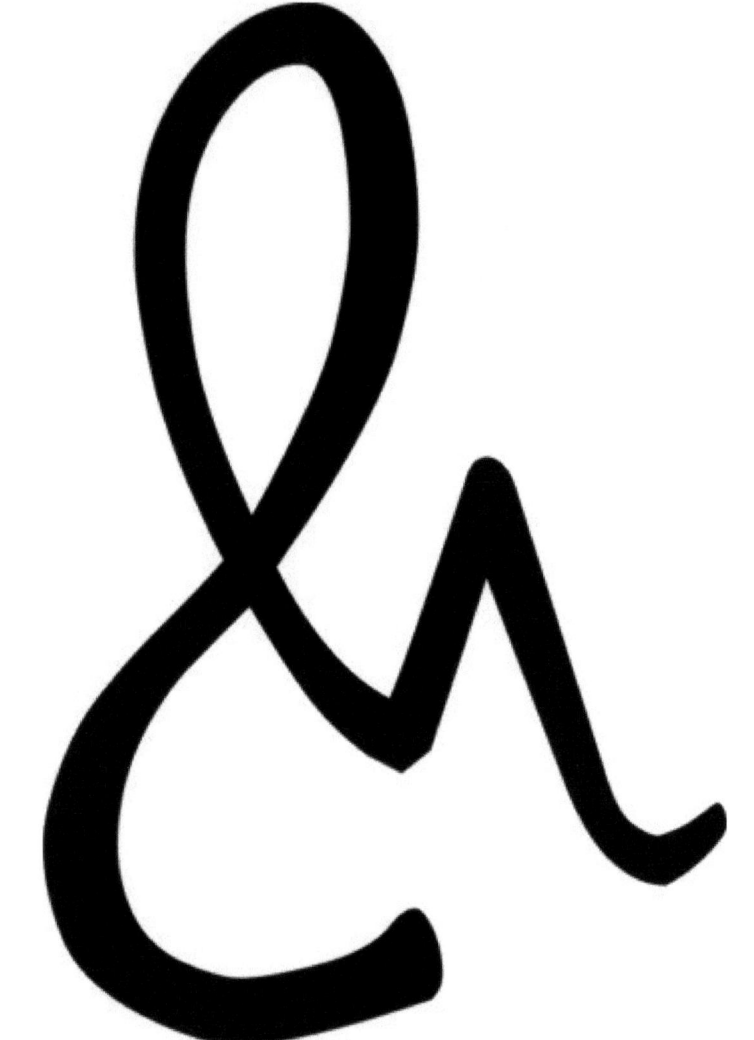

Thomas

Thomas vient de recevoir une lettre et un colis. Il a lu la lettre, quant au colis, c'est un coffret en bois fermé à clef et s'il en connaît la provenance, il ignore quel en est le contenu. Comme pour mieux en prendre connaissance, il relit à mi-voix la lettre qu'il vient de recevoir de la directrice d'une maison de retraite.

> *Monsieur,*
> *J'ai le triste privilège de vous annoncer que votre maman vient de décéder après un séjour de trois ans dans notre établissement.*
> *Dans ses derniers moments, elle a partagé tout ce qu'elle possédait entre les infirmières qui la soignaient. Elle avait organisé ses obsèques précisant « ni fleurs ni couronnes » et choisi une incinération suivie de la dispersion des cendres sur la pelouse réservée à cet effet.*
> *Elle avait insisté pour que l'on ne vous prévienne que lorsque tout serait terminé et nous avons scrupuleusement suivi ses désirs.*
> *Nous vous présentons nos condoléances et nous restons à votre disposition pour d'éventuels renseignements complémentaires.*
>
> *P.S. Je joins la clef qui permet d'ouvrir le coffret que votre mère nous a demandé de vous faire parvenir.*

Thomas a besoin de s'asseoir, non par l'émotion d'apprendre le décès de sa mère, mais par toutes les images de son enfance qui remontent en sa mémoire : les insultes, les sévices, les vexations, les rejets et même la brutalité, de celle qu'il appelle Folcoche en référence au personnage de « Vipère au poing » d'Hervé Bazin.

Il pense aussi à son adolescence, quand son esprit frondeur avait encore aggravé la situation et qu'il ne voyait plus qu'une seule solution : fuir, fuir, fuir le plus loin possible.

Il se souvient de ce jour où pour la première fois, son père avait fait preuve d'autorité : connaissant l'envie de liberté de son fils, son attirance pour les métiers de la mer et son goût pour l'aventure, sans en avertir son épouse, il l'avait inscrit à l'École des Mousses. En l'apprenant, elle s'était écriée :
— Qu'il parte, qu'il parte ! Le plus vite possible et que je n'entende plus jamais parler de lui.

Épisodiquement, il donnait de ses nouvelles à son père, mais un jour, à l'escale en Australie, apprenant par hasard son décès il en avait terriblement voulu à sa mère de ne pas l'avoir averti. Depuis il avait rompu toute relation avec elle et la lettre qu'il venait de recevoir était la première nouvelle qu'il avait d'elle depuis des années.

Il s'était alors demandé :
— Qu'ai-je pu faire de mal pour qu'elle me déteste à ce point ?
Mais il n'avait pas trouvé de réponse à cette question.

D'après la directrice, le coffret, là sur son bureau, ne devait contenir que quelques papiers administratifs.
Par curiosité, Thomas décide de l'ouvrir.

Il trouve son extrait de naissance daté du 8 août, les certificats de vaccination, le tout rassemblé par un trombone et le livret de mariage de ses parents daté du 10 novembre.
Il veut refermer le coffret quand dans le fond, il remarque un papier plié en quatre. Cela ressemble à une feuille arrachée à un cahier d'écolier, sur lequel on a tracé quelques mots d'une main peu habituée à cet exercice :

Tu as jeté la honte sur nous. Nous ne voulons pas d'un bâtard dans la famille et si tu n'épouses pas Georges, je fermerai la porte et tu ne rentreras plus dans la maison. Ton père.

Thomas est interloqué devant ces quelques mots écrits par un grand-père qu'il ne connaît pas. Incrédule, il reprend son extrait de naissance, le livret de mariage, compare les dates et … l'évidence lui saute à la gorge : il est né trois mois avant le mariage de ses parents.

Il vient de trouver ce qu'on lui a toujours caché : le mariage obligé, le pourquoi de la rupture avec ses grands-parents maternels, la raison des mouvements d'humeur de sa mère et de la patience de son père.

Thomas vient de comprendre que pour sa mère, il était la preuve vivante de ce qu'on appelait « une erreur de jeunesse », et qu'elle le rendait responsable d'avoir dû se soumettre à un mariage qu'elle n'avait pas souhaité.

Désorienté d'avoir appris aussi brutalement ce secret de famille, il commence à entrevoir les raisons du rejet de sa mère, mais avant d'envisager quelle suite donner à cette découverte, il se dit qu'il a surtout besoin d'un grand bol d'air frais.

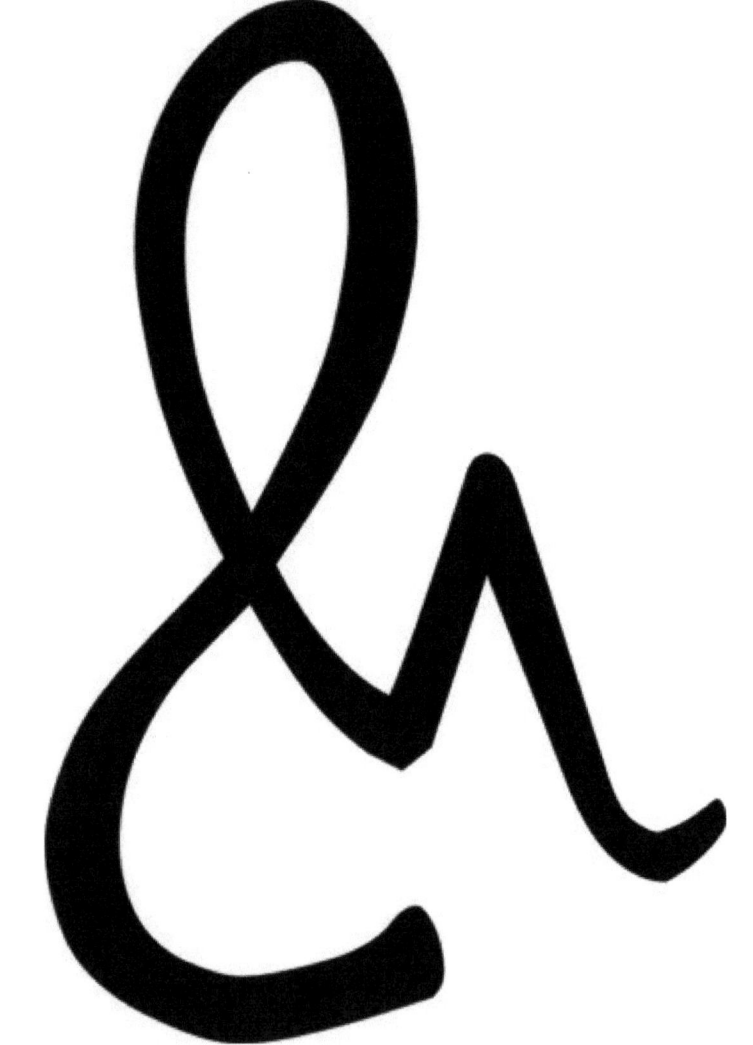

Ulrik

À huit ans, quand il était un jour arrivé à l'école, Ulrik parlait une langue que nous ne connaissions pas, mais il s'était rapidement intégré et s'il parlait un français correct il avait toujours gardé son léger accent.
Quand nous lui posions des questions sur sa vie d'avant, il détournait la tête, ne répondait rien et s'éloignait. Nous avons rapidement arrêté de l'interroger.

Nous avons partagé nos jeux d'enfants, mais lui, plus sage ou plus craintif refusait tous les jeux violents se contentant de nous regarder et prédisant tous les accidents possibles.

Dans notre petit groupe de copains, il dénotait par son caractère plus sérieux, trop calme. Il savait qu'on l'avait surnommé « le raisonneur » ou « le vieux », mais ne s'en formalisait pas et nous le taquinions souvent, quand, poussé par le « qu'en dira-t-on » ou « la peur du gendarme », il nous annonçait les ennuis que nous risquions dans l'exubérance de notre adolescence.

Les études terminées, la vie nous a séparés et ce n'est que rarement que j'eus de ses nouvelles, j'appris qu'il s'était marié, qu'il menait une vie de petit bourgeois, une vie bien rangée, conforme au caractère que nous lui connaissions.

Un jour, tranquillement assis à la terrasse d'un café où je dégustais une trappiste comme je les aime, mon œil fut attiré par une camionnette bariolée parquée de l'autre côté de la place.
Sur les deux côtés, on avait peint des paysages exotiques, une plage de sable et des cocotiers, sous le toit surélevé on voyait une moustiquaire, elle attirait tous les regards. Et je me dis que je n'oserais jamais utiliser un véhicule aussi excentrique.

Un « bonjour » me fit sursauter.

Devant moi, un homme en jeans, avec un tee-shirt fluo secouait une longue tignasse de cheveux blancs.
— Tu ne me reconnais pas ?
— Je vous connais ?
— Eh ! oui !
— Qui êtes-vous ?
— Mais... je suis Ulrik

Je suis resté interloqué, le garçon que j'avais connu si calme, si raisonnable serait-il devenu ce hippie ?

Il s'assit, sourit devant mon étonnement et tenta de m'expliquer. Resté seul suite au décès de son épouse, il avait décidé de changer de vie, et de vivre comme il n'avait jamais osé le faire.

Il avait vendu son appartement, acheté la camionnette qui avait attiré mon attention et était parti au hasard sur les routes à la découverte du monde, s'arrêtant ici où là suivant son humeur.

Avec un enthousiasme dont je ne l'aurais pas cru capable, il me raconta son expérience de vivre comme les gens du voyage, le plaisir de dormir dans un lieu différent chaque jour, de n'avoir aucun itinéraire prévu et de goûter à une liberté qu'il n'avait jamais connue.

Face à un Ulrik débordant de jeunesse, avide de découvertes et d'aventures, que je voyais si heureux de vivre maintenant l'adolescence qu'il n'avait pas vécue que brusquement, je me suis soudain senti très vieux.

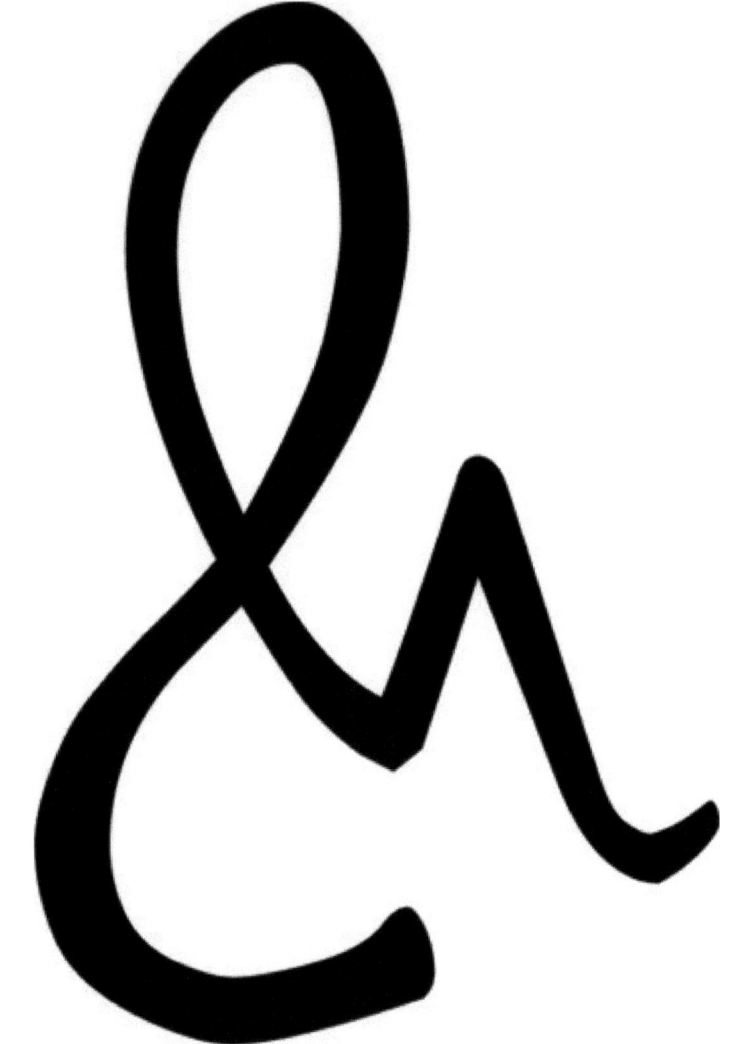

Victor

Comme tous les jeunes, souvent, avec des copains, au cours de réunions exubérantes dans une arrière-salle de café, en sirotant, qui un soda, qui une bière, Victor disserte de tout ce qui ne va pas dans le monde.

Ils épiloguent sur les inégalités de la vie, sur les injustices, les guerres, les séismes, les inondations, les famines, le sort des peuples dominés, le racisme, le manque de démocratie, l'obscurantisme, le sectarisme, les accidents, les épidémies, le sort des handicapés, le climat, les tyrans et ... les sujets de discussion ne manquent pas !

Tout cela a un parfum de révolution, mais, s'ils sont convaincus de connaître toutes les réponses, s'ils croient avoir trouvé des solutions, ce n'est qu'en paroles, car cela reste de sympathiques élucubrations et s'ils défendent avec véhémence leurs arguments, lorsque la soirée se termine, chacun rentre chez lui dans son petit confort bourgeois.

Victor était lui, ce qu'on appelle « un pur », il voulait aller plus loin, en accord avec ses idées. Aussi, un jour, il décida d'entrer en politique pour pouvoir agir. Certains, peut-être plus lucides ont essayé de l'en dissuader, mais il avait tenu bon malgré les sarcasmes et les moqueries. Plein de bonnes intentions, il s'était jeté dans la bataille, il s'était lancé en politique.

Devant les coups bas, les mensonges, les magouilles, les silences complices, il a rapidement perdu ses illusions, s'est senti prisonnier et très seul. Avec l'impression d'être passé sous le rouleau compresseur d'une politique mal comprise, il a laissé tomber les bras et sans prévenir, un jour, il a tout quitté, est parti, loin, comme bénévole.

Dans un premier temps, tout s'est bien passé bien, il avait le sentiment d'avoir trouvé sa place et il était heureux de se sentir utile.
L'arrivée d'un nouveau gestionnaire n'a pas tardé à faire déraper l'institution. Les avantages, les passe-droits sont devenus monnaie courante au détriment de ceux qui avaient vraiment besoin d'aide.
Victor était intervenu plusieurs fois, mais sans succès.

Un jour, sans justifier sa décision, la maison-mère mit fin à sa mission. Dans un premier temps, il avait voulu réagir, demander des explications, mais finalement n'avait rien fait, car il se sentait soulagé de ne plus être sous les ordres de celui qu'il avait appelé « la brebis galeuse ».

Quand nous l'avons revu, deux ans plus tard, il n'était plus ce garçon combatif aux idées tranchées, nous étions inquiets de le voir errer dans les rues comme un vagabond et peu à peu sombrer dans la dépression.

Et puis, un jour sans prévenir, il a disparu.

Plus tard, tout à fait par hasard, nous avons eu de ses nouvelles. Il s'était installé dans une bergerie désaffectée dans la montagne, près d'un petit village, loin de ce monde qu'on dit civilisé, et là, il vivait conformément à ses idées, s'occupait d'animaux et cultivait son jardin.

Dans un premier temps, il a intrigué les villageois méfiants, mais peu à peu, ils se sont habitués à lui et maintenant, ils l'accueillent avec sympathie quand il descend au village où il accepte de donner un coup de main si on le lui demande.

Il répète toujours à qui veut l'entendre, que s'il est incapable de changer le monde par un coup de baguette magique, c'est en payant de sa personne, en faisant des actes modestes, mais quotidiens qu'il peut ajouter sa pierre à l'édifice d'un monde nouveau.

Il affirme qu'il garde l'espoir que la compréhension et le respect des autres fassent boule de neige et ... que ... peut-être ... un jour ... le monde changera.

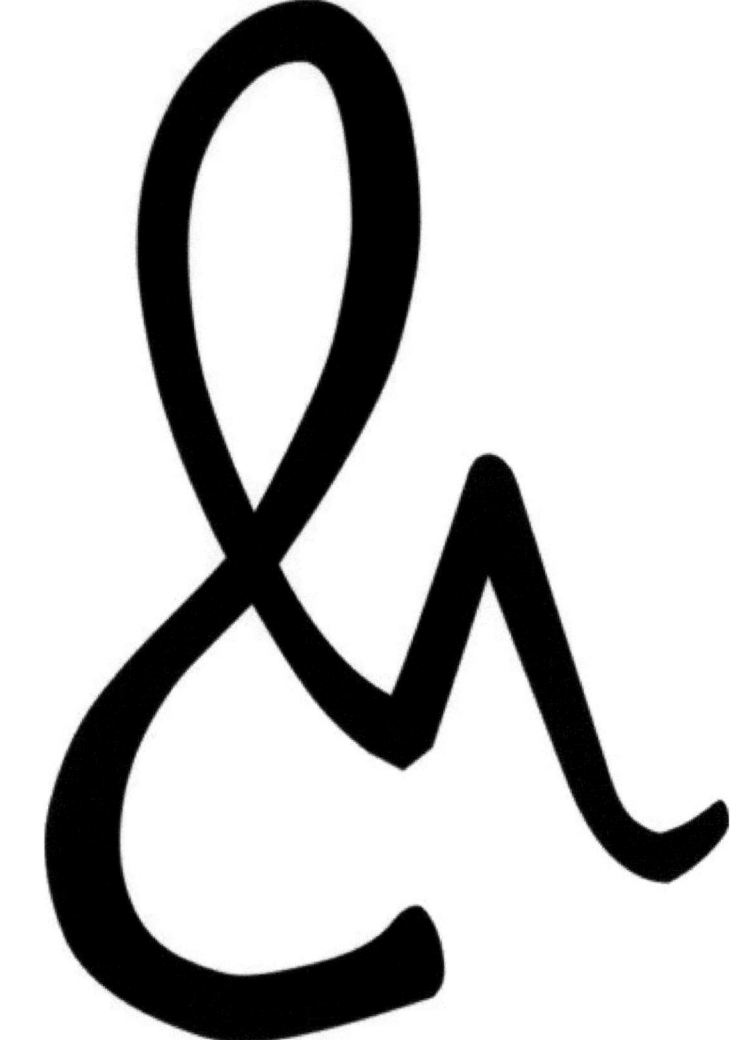

Walter

Il saisit la glaise, la triture pour la rendre plus souple, la caresse comme pour en sentir le grain, y enfonce les doigts, ébauche des yeux, marque le nez et les lèvres puis,
 ... il ferme les yeux et ...
  ... semble regarder le visage qu'il vient de sculpter.

Il rassemble les tubes de couleurs, les range devant lui, caresse la toile, saisit le pinceau, en lisse les poils, hésite un moment avant de choisir une couleur puis,
 ... il ferme les yeux et ...
  ... semble sourire à la toile qu'il vient de peindre.

Il prend un stylo à bille rouge, le regarde, le dépose et en prend un bleu, il se penche sur le cahier ouvert, trace des croix, des ronds, des traits qui se suivent puis,
 ... il ferme les yeux et ...
  ... semble lire ce qu'il vient d'écrire.

Il dessine des blanches, des noires entre les lignes du papier à musique, du bout de l'index, les tapote en rythme puis,
 ... il ferme les yeux et ...
  ... semble écouter la mélodie qu'il vient de composer.

Il s'empare du crayon, le taille, saisit la latte, la dépose sur la page, d'une main qui ne tremble pas, trace une première ligne suivie d'une seconde puis,
… il ferme les yeux et …
… semble voir « la machine » qu'il vient de créer.

Walter ignore jusqu'aux noms de Rodin, de Van Gogh, de Victor Hugo, de Mozart et de Léonard de Vinci, mais il trouve son bonheur dans les créations qui se bousculent dans sa tête.

Depuis l'enfance, Walter a des difficultés à s'exprimer et si parfois il essaie de se soumettre aux contraintes quotidiennes, le plus souvent, il s'enferme dans son monde et se réfugie dans le silence.

Xavier

Xavier est un journaliste indépendant qui voyage beaucoup et à chaque retour dans la capitale, il ne manque pas de s'arrêter un moment dans le bistro de son ami Marcel.

Comme souvent, il lui raconte des anecdotes qu'il trouve savoureuses et ce jour-là il lui a demandé :
— Tu connais Rodin, le sculpteur ?
— Bien sûr !
— Eh bien, par hasard, j'ai rencontré quelqu'un dont le père a été proche de Rodin. Celui-ci au cours d'une sortie assez arrosée, lui a fait des confidences en lui demandant le secret. Pendant des années, il avait gardé son serment, mais il s'en était senti délié au décès du sculpteur et a parfois raconté cette anecdote et son fils vient de me la raconter à son tour. Tu veux la connaître ?
— Bien sûr !

— Voilà. Lors de son premier voyage en Italie, Rodin est reçu en grande pompe, conduit partout, invité à toutes les manifestations officielles, mais... ce dont il a envie c'est de se promener seul parmi les vestiges romains, de découvrir la campagne et de rencontrer les Italiens.

Alors, un matin, il décide d'échapper aux mondanités, se déclare souffrant, se glisse par la porte de service, sort de l'hôtel et part à pied vers les faubourgs.
Il n'a pas assez de ses deux yeux pour tout voir, de ses deux oreilles pour tout entendre, il marche et se saoule de lumière.

Mais, à midi, sa robuste nature lui rappelle qu'elle existe et Rodin est pris d'une énorme fringale. Bien qu'il ne connaisse pas la langue, il décide d'entrer dans une trattoria, se disant qu'il pourra toujours parler avec les mains.
Assis à l'ombre, il fait appel à un des seuls mots dont il se souvient et commande un minestrone. Pour le reste, il indique au hasard quelques plats sur la carte.

Le minestrone est délicieux, mais c'est après que cela se gâte. On lui apporte une sorte de chou, servi entier dans une assiette creuse et un bol rempli d'un liquide verdâtre où surnagent quelques herbes.
Rodin s'étonne de ne recevoir ni couteau ni fourchette.

Voyant sa perplexité, le patron s'approche pour lui montrer qu'il doit manger avec les doigts, arracher feuille par feuille, tremper celles-ci tour à tour dans la sauce qui s'avère être de la vinaigrette.
Rodin s'applique, entame méticuleusement le légume, mais... il a du mal, car il trouve les feuilles bien coriaces et regrette que même le fait de les tremper un long moment dans la sauce ne les rende pas plus tendres.

Le sourire crispé, sous les regards curieux de cette famille italienne, il s'oblige consciencieusement à vider son assiette tout en se disant que ce n'est pas en France qu'on lui ferait manger de la paille !

Ce n'est que plus tard qu'il a appris que ce « chou » bizarre était un artichaut et comment le manger. Il s'est senti tellement ridicule qu'il n'a fait aucun commentaire, mais qu'il a compris l'ahurissement du restaurateur en le voyant manger l'artichaut « en entier » !

À la suite de cette aventure, après ce repas un peu dur à digérer, Rodin avait eu des ennuis intestinaux, oh ! pas graves, mais qui l'immobilisèrent un temps plus long que d'habitude dans un endroit dont on ne parle pas et c'est en se voyant ainsi, assis, le coude sur le genou, la tête dans la main, qu'il a eu une illumination et... c'est là que serait née la pose du fameux penseur.

Après un long silence, c'est Marcel qui prend la parole :
— C'est une histoire incroyable !
— Oui, mais tu sais combien j'admire ce sculpteur alors, cette anecdote, je te l'ai racontée en privé, mais comme je ne peux pas en vérifier l'authenticité, je ne la vulgariserai pas et je te demande d'en faire autant. Tu imagines ! Cela me ferait de la peine de voir cette anecdote risquer de provoquer les rires et les plaisanteries graveleuses, si on apprenait où est né ce bronze qui fait l'admiration de tous.

Cette anecdote est-elle vraie ou est-elle le fruit de l'imagination de celui qui la racontait ?
Qui peut le dire ?

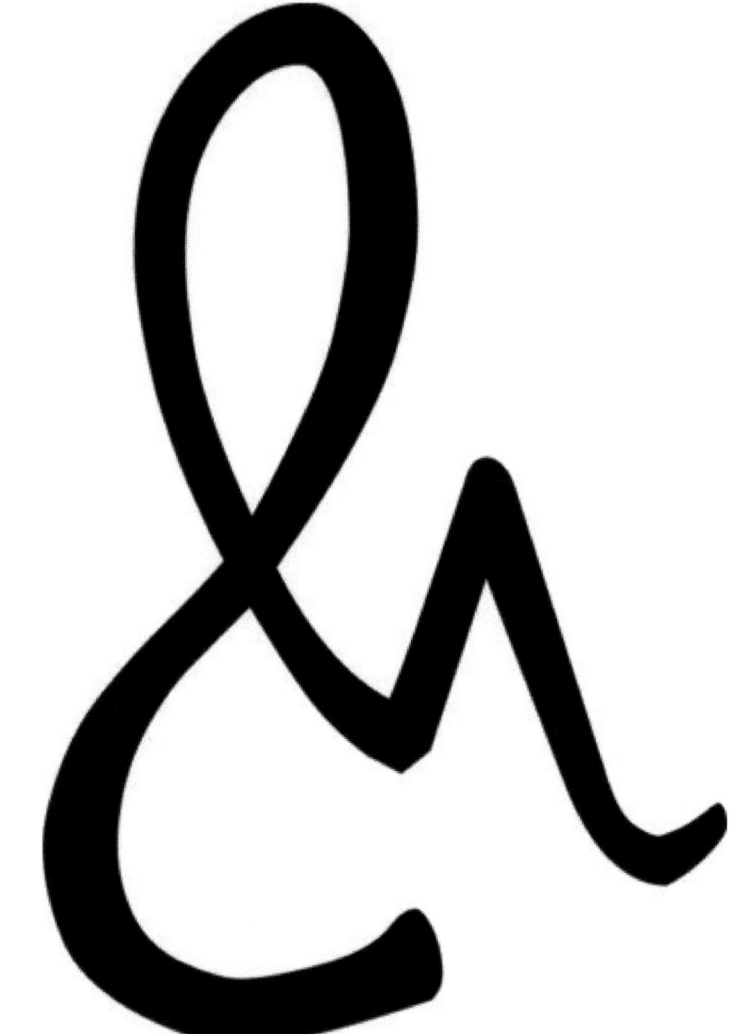

Yvon

Yvon aurait aimé que la nuit soit plus noire, mais la lune revendique sa place, orgueilleuse, elle se fait plus ronde, elle trône tout là-haut et sa lueur blafarde éclaire la nuit. Il scrute l'obscurité et peu à peu voit briller des points qui forment dans le ciel un premier triangle.

Il réalise qu'il ne connaît pas grand-chose en astronomie, qu'il confond allègrement constellations, étoiles, planètes, tout ce qu'il sait c'est que Vega qui naît la première fait partie de la constellation de la Lyre, qu'elle ouvre le bal bientôt suivi par une foule de lumerottes plus brillantes les unes que les autres.

Il cherche à situer l'étoile Polaire sans succès.

Par contre, il se répète avec délectation des noms qui le font rêver : Aldébaran, Bételgeuse, Éridan, la chevelure de Bérénice qui rejoignent Merlin, Morgane et Brocéliande, qui rappellent la mythologie grecque ou romaine ou l'entraînent dans les vieilles légendes celtes.

Aujourd'hui, le ciel promet un véritable feu d'artifice, car si l'air est assez transparent la terre traversera un champ de poussières abandonnées par la queue d'une comète et on pourrait admirer une pluie d'étoiles filantes, celles qu'on appelle les Perséides et qui illumineront le firmament. Ce phénomène revient tous les ans, mais pour pouvoir l'admirer il faut que la météo soit favorable et que la nuit soit claire, ce qui n'est pas toujours évident.

Yvon sait qu'aujourd'hui, toutes les conditions sont favorables.

Dans le silence, la nuit s'épaissit, et si on respire mieux, on sent encore le poids de la chaleur de l'après-midi.
Dans son fauteuil de jardin confortable, avec un plaid à portée de main, dans le parfum du chèvrefeuille sous lequel il s'est installé, Yvon attend, il scrute le ciel en attendant le miracle.

Le silence qui l'entoure est propice à la rêverie.
Il se demande brusquement d'où vient cette tradition de faire un vœu quand on voit une étoile filante, mais il en aime l'idée et cette nuit c'est le moment idéal.

Il y a bien sûr les vœux conventionnels que l'on se souhaite aux premiers jours de l'an : bonheur, santé, prospérité, mais ce ne sont bien souvent que des conventions, tandis qu'attendre ce cadeau du ciel lui donne une certaine importance.

Ses yeux astreints à une fixation dont ils ne sont pas habitués se ferment un bref instant et quand il les ouvre, une brusque zébrure déchire la nuit.
Elle est si subite, si brève qu'il n'a même pas eu le temps de réagir, il se demande d'abord s'il n'a pas eu la berlue puis craint d'avoir perdu l'occasion de faire ce vœu auquel il pense depuis longtemps, qui est plus insolite, plus inhabituel, plus personnel et plus secret.

Yvon espère une deuxième chance, il est prêt, les yeux fixés sur le coin du ciel où il a vu le premier trait de lumière, il se prépare à une longue attente.

Yvon sent l'excitation et la nervosité le saisir, quand... la voilà !

Brusque, lumineuse, instantanée et brève, ce n'est pas une étoile, mais une pluie d'étoiles filantes qui zèbre le ciel et son vœu le plus cher, enfoui depuis longtemps jaillit, hurlé dans le silence.

Quand l'obscurité et le calme reviennent comme si rien ne s'était passé, Yvon se sent saisi d'angoisse.
Pour qu'un vœu se réalise, la coutume dit qu'il doit rester secret ; or, il l'a lancé à haute voix dans le silence.
Il espère qu'à cette heure tardive, tous ses voisins dorment et donc n'ont rien entendu, quant à la nuit, il la sait discrète.
Sinon, son vœu pourra-t-il de réaliser ?

Seul, c'est l'avenir qui le dira !

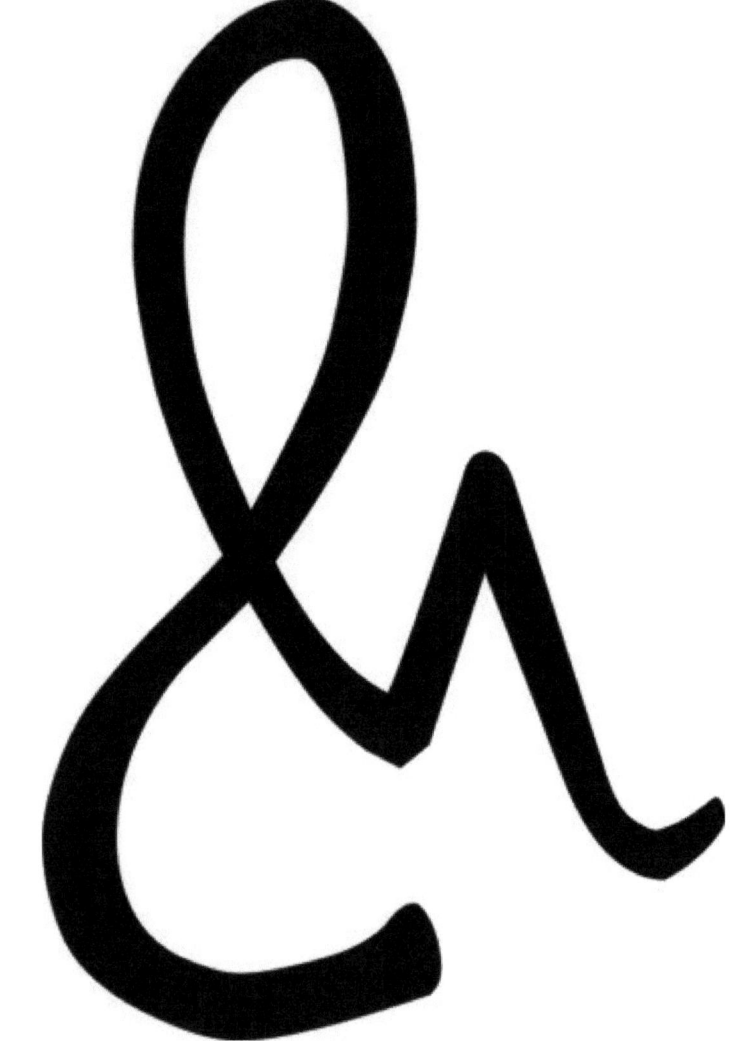

Zoltan

Comme tous les après-midi, Zoltan va faire une pause dans le jardin. Aujourd'hui, en passant par la remise, il a l'attention attirée par une caisse ayant une forme particulière et il a un choc au cœur. En un éclair, il voit passer toute sa vie.

Après une profonde respiration, il se dirige vers cette boîte noire, la saisit par la poignée, la trouve plus lourde qu'il ne pensait, mais décide tout de même de l'emporter.

Assis sur le banc dans le fond du jardin, il dépose la caisse entre ses jambes, il glisse son index sur la jointure empoussiérée, se souvient de ce jour où encore enfant il l'avait cachée dans la carriole, sous le matelas, avant de partir en exode et de la colère de son père quand il l'avait découverte. Il se souvient de l'étape, quand tous, éreintés par une longue marche, offraient leurs visages graves à un avenir incertain. Là, en jouant des mélodies du pays, il avait fait naître des sourires et même celui de son père.

Zoltan ouvre la boîte, son accordéon est là comme aux jours passés, son vieil accordéon, celui de sa jeunesse, celui qu'il emportait toujours avec lui. Il le sort de la boîte et le met sur ses genoux comme on le ferait d'un enfant que l'on voudrait câliner.

Il retrouve les mêmes gestes qu'il faisait quand pour gagner quelques sous, il faisait la manche sur les quais.
Il glisse ses bras dans les bretelles, enlève la sécurité du soufflet, caresse les boutons de la main droite puis de la main gauche et... ses doigts qui semblent se réveiller après un trop long sommeil se mettent à jouer. Ils retrouvent leurs anciens accords et Zoltan croit entendre ces chants oubliés de son pays natal.

Certaines paroles lui reviennent même en mémoire, mais il les chante si bas, que c'est comme s'il se parlait à lui-même, car il est le seul à les entendre et il ferme les yeux pour mieux revoir les images de sa jeunesse. Puis, il enchaîne, recrée ... un légionnaire ... madame Arthur, cette femme qui fit parler d'elle longtemps ... l'inconnue de la rue Saint-Vincent ... et ... le fiacre jaune avec un cocher blanc.

Il se souvient du temps des vaches maigres, des passants qui le toisaient avec mépris, de ceux qui lui souriaient, de ceux qui jetaient une petite pièce dans sa casquette et de ceux qui s'arrêtaient quelques instants pour chanter avec lui.

Pris par la nostalgie, ses doigts enchaînent des mélodies plus modernes, celles qu'il jouait pour animer les bals du samedi soir dans les villages et son pied droit soudain vif, indépendant, retrouve le rythme et scande la mesure endiablée d'un fox-trot.

Les doigts s'emballent sur le clavier, le soufflet se gonfle comme une poitrine haletante et le vieil homme retrouve la musique, sa jeunesse, ses rêves, ses espoirs, ses chagrins, mais

aussi ses joies, il joue, il abolit le temps et oublie tout ce qui n'est pas ce moment d'harmonie avec son instrument.
Assis sur le vieux banc au fond du jardin, durant deux heures, il joue.

Une voix venant de la maison le sort de sa torpeur :
— Bon ! Maintenant, ça suffit ! Tu m'as assez cassé les oreilles ! Tu viens ! Le repas est prêt ! La table est mise !

L'accordéoniste est brutalement rappelé sur terre et la dernière note glisse en decrescendo comme un cœur qui soupire, traîne et semble ne pas vouloir mourir.
L'homme laisse lentement les bretelles glisser le long de ses bras comme pour prolonger un peu la magie du moment et s'excuser d'abandonner la complicité si brièvement retrouvée.

De ses yeux délavés, indifférents en apparence, il jette un dernier regard à l'instrument contraint au silence, le dépose dans sa boîte la referme soigneusement et d'un pas lourd, se dirige vers la remise pour le remettre à la place où il l'a trouvée près des objets que sa femme Louise destine aux 'Petits riens'.

Zoltan n'a aucune amertume, au contraire, il a vécu un dernier moment de bonheur avec son instrument qui, il l'espère, retrouvera bientôt une nouvelle vie, fera à nouveau fleurir des sourires, rendra des gens heureux et deviendra le compagnon d'un autre musicien.

Avant de rentrer dans la maison, il se tourne une dernière fois vers la caisse noire et murmure :

Bonne route !

DU MÊME AUTEURE

- *Féminins Singuliers*

À PARAÎTRE

- *Histoires de vin et de bière*

'M LA SUITE', aide à l'autoédition et à l'écriture, a été créée sous l'impulsion d'Hervé Meillon, homme de médias et auteur de plusieurs ouvrages, émissions de radio et de télévision et de Sophie Descamps enseignante, historienne et coach scolaire.

En marchant sur les pas de notre mémoire, notre vie personnelle devient une sorte de pèlerinage qui nous apporte une sérénité du présent.
Aucune histoire n'est sans intérêt.
Chaque parcours peut faire l'objet de confidences à faire à ses proches.
Alors pourquoi pas le vôtre ?
Vous pouvez, raconter l'existence d'un être cher.
Partager n'est pas une revanche, mais une aventure positive.
Des biographies peuvent aussi être le fruit de votre imaginaire.
Elles sont alors rêvées, romancées, fantaisistes...

*Nous réalisons à la carte, en fonction de vos désirs.
*Nous nous positionnons comme des facilitateurs.
*Notre association sans but lucratif (ASBL) est un prestataire de service.
*Notre but étant de vous simplifier la procédure de l'autoédition en y apportant nos compétences.

Nous ne prenons aucune part sur vos droits de vente.

Une partie des frais de production est prise en charge par l'ASBL et la participation financière de l'auteur variera selon la formule choisie.

Allez jeter un œil sur les livres publiés en vous servant du QR code ci-dessous.